NOS ADORABLES MENSONGES

J. KENNER

Traduction par
LAURE VALENTIN

NOS ADORABLES MENSONGES

de J. Kenner
Traduit de l'anglais (États-Unis) par Laure Valentin

Pour en savoir plus:
www.jkenner.com
www.instagram.com/juliekenner
www.facebook.com/jkennerbooks

Rejoignez J. Kenner sur son Groupe de fans Facebook pour des échanges avec JK, des contenus exclusifs et plus encore: https://www.facebook.com/groups/jkenner/

Elle n'est pas la femme que je croyais… mais une chose est sûre, c'est la femme que je veux.

Je ne me suis jamais considéré comme cynique, mais se faire larguer à l'autel, ça change un homme.

Maintenant, je ne pense qu'à mon travail. À développer ma société et à reprendre le cours de ma vie. Ne vous y méprenez pas, j'aime toujours les femmes. J'aime leur allure. Leur parfum. La sensation de leur corps – *surtout* la sensation de leur corps. Et je me suis donné pour mission d'offrir à chaque femme qui partage mon lit l'aventure de sa vie.

Mais se rapprocher ? S'engager ? Accorder à une femme ma confiance ? Non, hors de question.

Ou du moins, c'est ce que je pensais.

Et puis, je l'ai rencontrée. C'est amusant comme

tout peut changer en un clin d'œil. Comme une erreur d'identité peut tout changer. Et pourtant, elle était là, professionnelle et pas du tout intéressée. Et moi, je l'ai instantanément voulue. Désirée.

Par-dessus tout, j'ai souhaité l'aider. La protéger, elle et sa sœur. Mais plus j'apprends à la connaître, plus j'ai envie d'elle. La totale. Je veux la femme et tout ce qui vient avec.

Et le miracle, c'est qu'elle me désire, elle aussi.

Le problème, en revanche, c'est que nous avons déjà été échaudés tous les deux. Maintenant, une chose est certaine – le seul moyen de survivre à la chaleur qui crépite entre nous, c'est de trouver le courage de se jeter ensemble dans le brasier.

BLACKWELL-LYON SÉCURITÉ

Nos adorables mensonges
Nos drôles de jeux
Nos belles erreurs

Nos adorables mensonges - Original publié en anglais en 2017 sous le titre *Bitch Slap* par J. Kenner et aussi en 2018 sous le titre *Lovely Little Liar*.

- Traduction française publiée par Martini & Olive, LLC
- Traduit de l'anglais (États-Unis) par Laure Valentin.
- Relecture effectuée par Estelle de La plume de Camélia.
- Conception graphique de la couverture par Michele Catalano, Catalano Creative
- Image de la couverture par Annie Ray/Passion Pages

Première édition française September 2019
Nos adorables mensonges copyright © 2017, 2018, 2019 par Julie Kenner
Print ISBN: 978-1-949925-48-7
Digital ISBN: 978-1-949925-47-0

v. 2019-12-19P

CHAPITRE UN

JE NE CROIS PAS aux relations, mais je crois à la baise.

Pourquoi, me demandez-vous ? Bon sang, je pourrais écrire un bouquin. *Petit Guide vers le succès financier, émotionnel et professionnel.* Mais franchement, pourquoi s'embêter avec un livre alors que la thèse entière se résume à cinq mots : Ne vous engagez pas. Baisez.

Écoutez-moi bien.

Les relations, ça prend du temps, et quand vous essayez de lancer votre société, vous devez consacrer chaque heure de votre vie au travail. Vous pouvez me croire. Ça fait quelques mois que mes amis et moi avons créé Sécurité Blackwell-Lyon, et nous bottons des culs vingt-quatre heures sur vingt-quatre et sept jours sur sept. Missions, réunions, et développement d'une solide base de clients.

Nos engagements s'avèrent payants. Je vous garantis que notre tableau de service ne serait pas aussi bien rempli si je passais une grande partie de mon précieux temps de travail à répondre aux messages d'une petite amie qui manquerait de confiance et me demanderait pourquoi je ne lui envoie pas de sextos toutes les dix minutes. Alors, zappez les relations amoureuses et vous verrez vos affaires prospérer.

Et puis, les coups d'un soir n'exigent pas de cadeaux ni de fleurs. Un verre et un dîner, peut-être, mais de toute façon, il faut bien manger, non ? Un déjeuner gratuit, ça n'existe peut-être pas, mais on peut très bien baiser à l'œil.

En fait, ce sont les avantages émotionnels qui m'intéressent le plus. Pas besoin de marcher sur des œufs parce que madame est d'humeur casse-pied. Pas de piège parce qu'elle exige de savoir pourquoi j'ai préféré la soirée poker au dernier mélo à l'eau de rose avec un acteur métrosexuel bronzé coiffé d'un chignon. Pas d'inquiétude à se demander si elle se tape un autre type quand elle ne répond pas à ses messages.

Et surtout, finis les gouffres abyssaux de chagrin quand elle rompt vos fiançailles deux semaines avant le mariage parce que, tout compte fait, elle ne sait plus trop si elle vous aime.

Non, je ne suis pas amer. Plus maintenant.

Mais je suis lucide.

La vérité, c'est que j'aime les femmes. Leur rire. La sensation de leur corps. Leur parfum.

Je prends mon pied en leur procurant du plaisir. Quand elles se liquéfient dans mes bras et me supplient de leur en donner plus.

Je les aime, certes. Mais je ne leur fais pas confiance. Et je ne me ferai pas baiser une seconde fois.

Pas comme ça, en tout cas.

Alors voilà. C.Q.F.D.

Je ne fais pas dans les relations. J'ai des histoires d'un soir. Je mets un point d'honneur à offrir à chaque femme qui partage mon lit l'aventure de sa vie.

Mais c'est un chemin à sens unique et je ne reviens pas en arrière.

C'est ma façon de faire. J'ai arrêté les relations il y a longtemps.

Alors, quand je me gare devant le Thym, ce nouveau restau à la mode dans le quartier huppé de Tarrytown, à Austin, et que je remets mes clés au voiturier, je m'attends à la procédure habituelle. Des bavardages sans conséquence. Quelques apéritifs. Un peu trop d'alcool et l'adrénaline qui l'accompagne. Puis un saut dans mon appartement du centre-ville pour un peu d'action en milieu de semaine.

Or, au lieu de ça, je tombe sur *elle*.

CHAPITRE DEUX

— EH BIEN, faites une annonce.

La voix de la brune aux longues jambes appartient à une femme habituée à donner des ordres.

— Il devrait être ici maintenant.

Longues Jambes est debout devant le pupitre de l'hôtesse d'accueil. Comme elle me tourne le dos, je ne vois que la masse de sa chevelure ondulée à la couleur noisette chatoyante, une taille assez étroite pour donner envie à un homme de s'y accrocher et une paire de fesses créée pour les jupes moulantes. Devant elle, une petite blonde serre une pile de menus comme si c'était sa bouée de sauvetage, tout en se mordillant la lèvre.

— Alors ?

La voix de Longues Jambes exprime un ordre plus qu'une question.

Tandis que l'hôtesse explique à Longues Jambes que le restaurant n'est absolument pas conçu pour les annonces, je jette un œil impatient à ma montre. La circulation sur la Sixième Rue était plus chaotique que d'habitude et j'ai cinq minutes de retard. Un fait d'autant plus agaçant qu'en temps normal je suis ponctuel comme un métronome – déformation professionnelle acquise à l'armée. J'admets avoir beaucoup de vices, mais je ne suis jamais en retard.

À cause de Longues Jambes, en revanche, je risque d'arriver encore plus en retard et je fronce les sourcils en jetant un œil vers le bar, sur ma gauche, à la recherche d'une femme seule susceptible de correspondre à la description de « J », sur l'appli 2Nite. Mais personne ne semble attendre qu'un « PB » la rejoigne.

C'est la première fois que j'utilise cette application, et son inconvénient – parce qu'elles en ont toutes –, c'est que les contacts sont anonymes jusqu'à ce que l'on rencontre la personne. C'est sympa et plutôt cool, mais ça rend la rencontre assez difficile. Après tout, a-t-elle donné à l'hôtesse d'accueil sa simple initiale, J ? Parce que je vais me sentir bête si je dois me présenter sous les lettres PB.

Cela dit, j'aurais de la chance si je peux me présenter sous quelque nom que ce soit, parce que Longues Jambes passe tellement de temps à houspiller l'hôtesse que le restaurant va fermer avant que je puisse demander la fameuse J et une table.

— ... mais je vous l'ai déjà dit, je ne connais pas son nom, dit Longues Jambes au moment où je reporte mon attention sur leur conversation.

Elle a perdu son intonation de soldat des affaires, remplacée par la frustration et une pointe de déception, je crois.

Quant à l'hôtesse, à présent, elle semble encore plus abattue.

— Tout ce que je sais, c'est qu'il travaille pour une société de sécurité...

Ding, ding, ding. Les amis, nous avons un gagnant.

— ... et il devrait déjà être ici.

— J, dis-je avec assurance en m'avançant à côté d'elle. Je suis Pierce Blackwell.

Je sors une carte de visite de mon portefeuille et je la lui tends lorsqu'elle se tourne vers moi.

— De Blackwell-Lyon Sécurité. *PB*, ajouté-je au cas où ce ne serait pas suffisamment clair. Je suis très heureux de vous rencontrer en personne.

Honnêtement, c'est la vérité à cent pour cent. Parce que si l'arrière était déjà somptueux, vue de devant, ma compagne d'un soir est encore plus magnifique. Ses cheveux foncés encadrent un visage pâle à la peau si parfaite que je dois faire un effort pour ne pas tendre la main et lui caresser la joue. Elle a une grande bouche, conçue pour des activités coquines, et ce genre de corps voluptueux qui donne l'impression aux hommes d'avoir une vraie femme entre les bras.

— Oh.

Sa voix exprime l'étonnement et elle écarquille ses yeux couleur ambre. Elle a abandonné le ton sévère qu'elle avait employé avec l'hôtesse et je lis le soulagement dans son regard. Je suppose qu'elle s'est dit que j'allais lui poser un lapin, même si elle n'a pas l'air d'une femme à qui ce genre de désagréments arrive souvent.

Et son soulagement évident en voyant que je suis enfin arrivé me laisse percevoir une vulnérabilité que je n'aurais jamais devinée en l'écoutant interroger la pauvre hôtesse.

Très franchement, ce contraste me plaît. Il suggère une personnalité forte, mais un fond tendre très féminin. En d'autres termes, une femme qui sait ce qu'elle attend d'un homme, mais qui n'a pas peur de lui laisser les rênes.

Ai-je précisé que j'aimais prendre le contrôle ?

Elle tient toujours ma carte dans sa main et elle baisse les yeux pour la lire. Son pouce effleure doucement les lettres gaufrées, dans un geste sans doute inconscient qui me laisse imaginer la sensation de ce pouce sur ma main, ma bouche... et d'autres endroits bien plus intéressants.

Elle lève la tête. Dès l'instant où elle croise mon regard, j'ai la conviction d'y voir une étincelle familière. Le genre de chaleur qui signifie que nous allons ignorer l'apéritif, nous contenter d'un verre vite expédié pour apprendre à nous connaître, avant de rejoindre mon appartement, que nous aurons du mal à atteindre sans perdre nos vêtements en cours de route.

Je sais que les femmes aiment mon physique. Des cheveux blond foncé, un corps de trente-quatre ans affûté grâce à mon entraînement militaire et les exigences de mon métier actuel, et des yeux bleus sur lesquels de parfaites inconnues me complimentent souvent.

Alors, la chaleur sur son visage ne me surprend pas. Mais je cligne aussitôt des paupières, car ce brasier vient de disparaître tout aussi rapidement. Ses yeux retrouvent toute leur froideur. Comme si l'on avait enclenché un interrupteur.

Bon sang, qu'est-ce qu'elle me fait ?

Ai-je halluciné ? Fantasmé ?

À moins qu'elle s'efforce de réprimer un puissant désir viscéral.

Mais à quoi bon ? Elle est venue ici ce soir en cherchant la même chose que moi. Une nuit. Un bon moment. Sans aucune attache.

Honnêtement, ça n'a aucun sens. Et pour le moment, la seule chose dont je suis certain, c'est que le désir que j'ai vu sur son visage a disparu. *Pouf.* Comme par un coup de baguette magique.

Pas de chaleur. Pas de feu.

Plus le moindre intérêt.

— Alors, ce sera une table pour deux ? demande l'hôtesse sur un ton guilleret. L'attente sera de quarante-cinq minutes dans la salle, mais il y a quelques tables ouvertes au bar.

— Ça ira, dis-je, bien décidé à entamer la soirée. Nous allons nous en tenir aux verres et aux amuse-bouches.

Je la regarde pour avoir son assentiment, mais elle consulte son téléphone en fronçant les sourcils, sans lever les yeux avant que nous soyons assis.

— Les cocktails sont bons ici, dis-je alors que l'hôtesse nous laisse avec les menus du bar. J'habite au centre-ville, je viens souvent ici depuis que ça a ouvert. Et vous ? Êtes-vous déjà venue ?

Elle arque un sourcil parfaitement entretenu dans une expression terriblement sexy, en dépit de son agacement manifeste.

— Je viens juste d'arriver en ville. Quand aurais-je trouvé le temps de venir ?

— Bien, je vois.

J'essaie de me montrer conciliant. Comment suis-je censé savoir qu'elle vient d'emménager à Austin ? J'ai lu son profil et elle ne mentionne nulle part qu'elle est nouvelle en ville. La seule option qu'il me reste, ce serait de lui dire franchement que je suis trop occupé ce soir avant de ficher le camp.

Mais je ne suis pas encore prêt à renoncer à elle. Parce que malgré notre début mouvementé, quelque chose m'intrigue chez J. Et je sais très bien que j'ai vu une étincelle d'intérêt dans ses yeux. Alors, j'ai bien l'intention de la raviver. Après tout, qui n'aime pas les défis ?

— En parlant de temps, dit-elle. Étant donné les circonstances, je pense que je dois être honnête avec vous.

— Je vous écoute.

— Disons que je n'apprécie pas que l'on me fasse attendre, répond-elle. La ponctualité est extrêmement importante pour moi.

— Pour moi aussi.

C'est vrai, mais je suis étonné qu'elle se fâche pour cinq minutes à peine. Ça nous fait au moins un petit point commun.

— Je suis presque toujours en avance. J'accuserais la circulation, mais honnêtement, j'aurais dû quitter le bureau plus tôt.

Je lui adresse mon sourire le plus charmeur. Il ne m'a encore jamais déçu, et heureusement, ce soir ne fait pas exception. Elle se détend un peu et se carre dans sa chaise, effleurant le bord du menu avec son doigt.

— Je suis ravie de l'apprendre. Jusqu'à présent, vous vous êtes montré plutôt léger. Ce n'est pas le genre d'attitude à laquelle je suis habituée.

Je tends la main par-dessus la table pour prendre la sienne. Elle est douce et chaude, et ma queue se dresse en réaction à une puissante vague de désir. Cette femme est peut-être irritable et insondable, mais elle est très sûre d'elle, et la combinaison de ces traits de caractère est torride.

— Ma belle, dis-je. Je suis peut-être léger sur bien des points, mais pas celui-ci.

— Ma belle ?

Elle dégage sa main. Je ne me serais pas ramolli plus vite si elle m'avait jeté un seau d'eau glacée sur la tête.

— Et vous m'avez appelée J ? Non mais, franchement, allons-nous lancer un groupe de hip-hop ?

— On pourrait, dis-je en m'efforçant de me ressaisir. PB & J. Ça claque !

J'éclate de rire. Ça me plaît. Et d'abord, de quoi se plaint-elle ? Si l'emploi d'initiales l'agace tellement, elle aurait dû choisir une autre appli que 2Nite.

— Appelez-moi Jez, dit-elle. Ou mademoiselle Stuart, si vous préférez les convenances.

À présent, elle se redresse sur sa chaise et je me fais la réflexion qu'elle ne pourrait pas être plus distante même si elle essayait.

— Jez, dis-je. J'aime bien.

— C'est le diminutif de Jezebel, évidemment. Bien sûr, nos parents ont donné à ma sœur un nom sur le même thème.

Elle s'adosse à sa chaise, comme si elle attendait une réaction de ma part.

— Sacrés parents.

Je n'ai rien d'autre à répondre. Disons qu'une discussion sur les parents et les frères et sœurs, ça n'entre pas vraiment dans le cadre de ce genre de rendez-vous.

Mais il faut croire que ma réponse lui a plu, parce qu'elle sourit – le genre de sourire qui éclaire tout son visage. Même si je ne passe jamais, au grand jamais, la nuit entière avec les femmes, je ne peux m'empêcher de penser que c'est le type de sourire auprès duquel j'aimerais me réveiller.

— Écoutez, dit-elle. Je sais que ça peut paraître excessif et exigeant, et ça pourrait en refroidir certains. Pour tout dire, je prends tout cela très au sérieux.

— Je m'en rends compte.

C'est la vérité. Je sais que je suis un type bien, mais une femme doit faire attention à la personne avec qui elle rentre.

— Je suis contente que vous compreniez, dit-elle au moment où le serveur vient prendre notre commande.

Je lui rends le menu.

— Un whisky Angel's Envy. Avec glaçons. Et la dame prendra... ?

— De l'eau pétillante avec citron.

Elle croise mon regard tandis que le serveur s'éloigne.

— J'aime garder la tête claire, explique-t-elle.

Décidément, bulles ou pas, cette femme m'exaspère.

— Honnêtement, commencé-je, je me demande si je ne devrais pas commander un double.

Elle pince les lèvres en signe de désapprobation.

— Allez-y. Mais j'espère que vous aurez les idées claires au moment crucial. J'aime que l'on prête attention aux détails.

Je soutiens son regard pendant dix longues secondes. Puis, parce que je n'ai absolument rien à perdre, je laisse mon regard l'envelopper lentement. Ses lèvres rebondies, qui forment à présent une fine ligne rouge. La courbe douce de son menton. L'inclinaison délicieuse de son cou.

Le bouton supérieur de son chemisier s'est ouvert et j'aperçois la rondeur de ses seins au-dessus des bonnets de son soutien-gorge rose clair. Je m'y arrête assez longtemps pour imaginer le goût de sa peau à cet endroit précis. La sensation de sa chair douce contre mes lèvres. J'imagine sa voix autoritaire et sèche s'adoucir lorsqu'elle frétillera sous mon corps, me suppliant d'aller plus loin.

Lentement, je lève les yeux.

— Ma belle, dis-je. Je vénère les détails.

Satisfait, je vois ses joues virer au rose. Elle expire, puis déglutit.

— Bon. Eh bien, tant mieux.

Je réprime un sourire. Je me demande à quel genre de jeux nous jouons, mais je ne doute pas que le score est en ma faveur.

Elle prend une inspiration et je vois bien qu'elle essaie de se ressaisir.

— Alors, si vous vénérez les détails, vous connaissez déjà mon problème.

Je recule sur ma chaise, ravi que le serveur revienne avec mon verre, car cela me laisse le temps de réfléchir. Un *problème* ? Le seul problème qu'elle mentionnait sur son profil, c'était qu'elle travaillait tellement qu'elle ne s'était pas envoyée en l'air correctement depuis des mois. Je lui avais assuré que je pouvais y remédier et elle s'était empressée d'accepter ma DDR – « demande de rencontre », sur l'appli 2Nite.

— Oui, vous travaillez à cent à l'heure, dis-je.

Elle hoche la tête, manifestement contente que je m'en souvienne.

— Et ce mélodrame avec ma sœur me rend encore plus folle.

— Votre sœur ?

Elle me fusille du regard et je comprends aussitôt mon erreur.

— Je croyais que vous vous étiez renseigné.

Il y a comme un défi dans sa voix, mais je m'en rends à peine compte. Je suis trop hypnotisé par ses lèvres qui se referment autour de la paille.

Je change de position dans mon jean soudain incroyablement étriqué. Quoi, sérieusement ? Pourtant, je vois déjà que cette femme est synonyme de mauvaises nouvelles. Elle est peut-être fascinante. Elle est clairement provocante. Mais elle me causera bien trop de problèmes.

Mais apparemment, les parties de mon corps situées sous la table ne sont pas aussi critiques. Cela dit, je peux attribuer ça à une envie générale de sexe, et pas forcément à Jez.

— Alors ? insiste-t-elle.

— Êtes-vous toujours aussi...

Je laisse ma phrase en suspens. J'avais envie de dire ce que je pense, à savoir *casse-couilles*, mais je me ravise.

— Quoi ?

— Je trouve que ça ressemble beaucoup à un entretien d'embauche. Et ça me semble un poil excessif pour une histoire d'un soir.

— Un soir ? Oh, non. Je recherche un partenariat de trois semaines minimum. Ensuite, nous déciderons si un engagement à long terme est pertinent.

— Un instant. Quoi ?

— J'ai passé plus de cinq ans avec Larry, dit-elle.

Voilà pourquoi elle est si maladroite ce soir. Je suppose que c'est la première fois qu'elle utilise une appli de rencontres.

— C'est long, dis-je.

— Oui. Mais pour être honnête, je préfère l'aspect continu d'une relation à long terme. Avec quelqu'un en qui j'ai confiance, bien sûr. C'est ce que j'évaluerai avec vous… s'il s'avère que vous correspondez à mes besoins, ce dont je commence à douter, très franchement.

Je fais la grimace en visualisant des juges olympiques au pied de mon lit, alors que je tenterais une vrille avec saut périlleux.

Je secoue la tête pour chasser cette pensée.

— Bon. D'accord. Je note.

J'avale d'un trait le reste de bourbon.

— Et maintenant, à mon tour de vous dire que vous n'êtes pas préparée. Parce que mon profil est clair comme de l'eau de roche. Pas d'engagement sur le long terme.

Une fois de plus, je lui adresse mon sourire charmeur.

— Oubliez le mariage. Je ne cherche que les histoires d'un soir.

— C'est absurde. Vous envisagez sérieusement une seule soirée ? Et vous croyez que cela me conviendra ? Que j'ai envie de faire ce genre de choses régulièrement ?

Elle désigne la table, comme si se faire offrir un verre par un homme était la pire des tortures imaginables.

— Êtes-vous fou ?

— Pas selon mon psy, en tout cas, rétorqué-je.

Elle se lève en hissant sur son épaule la lanière de son sac.

— J'aurais préféré que vos conditions soient claires. C'était une pure perte de temps, dans une semaine où je n'ai pas une minute à perdre.

— Jez...

Je me lève et tends la main vers elle, mais elle recule. J'ignore pourquoi j'ai envie qu'elle reste, et pourtant c'est le cas.

Mais elle ne me donne pas l'occasion de la convaincre.

— Merci pour le verre.

Elle prend une inspiration et je constate qu'elle fait un effort pour maîtriser ses nerfs.

— Je suis vraiment désolée pour ce malentendu. Malgré tout, je crois que cela aurait été... *intéressant* de travailler avec vous.

Sur ce, elle tourne les talons.

Et elle disparaît.

Bon sang, que vient-il de se passer ?

— Un autre ? propose le serveur alors que je me laisse tomber sur ma chaise.

— Oui. Un double cette fois. Je crois que j'en ai besoin.

Je reste assis pendant une minute, un peu abasourdi sans trop savoir pourquoi. Je ne devrais pas être déçu qu'elle soit partie, parce qu'il est évident qu'elle ne m'aurait causé que des ennuis. La dernière chose dont j'ai besoin, c'est un pot de colle.

Bien sûr, je suis souvent resté assis dans un bar à boire seul. Mais c'est la première fois que le siège en face de moi me paraît aussi vide.

Je soupire et porte à mes lèvres le verre que le serveur a fait glisser devant moi. Je savoure le whisky piquant en me demandant si c'est l'alcool qui m'embrume le cerveau. Qui me fait croire qu'au fond, deux rencards avec une même femme ne seraient pas la fin du monde. Allez, peut-être même trois.

Parce qu'en vérité, même si je n'ai pas vraiment

réussi à la cerner, aucune femme ne m'avait autant diverti depuis longtemps.

Mon téléphone tinte, annonçant un message de 2Nite.

Je m'empresse de le sortir de ma poche, convaincu qu'il s'agit de Jez.

Mais ce n'est pas le cas.

Enfin, il s'agit bien d'un message de J. Mais quand je le découvre, une sensation étrange me noue le ventre.

Désolée d'avoir raté notre rendez-vous. J'ai du boulot par-dessus la tête et il a fallu que je prenne un avion pour Dallas. On remet ça à plus tard ?

J

Je le lis à deux reprises pour m'assurer que le bourbon ne me fait pas halluciner.

Mais non. Le message est clair. J – la femme que je devais rencontrer ce soir – n'est pas à Austin. Elle est à trois cents kilomètres d'ici.

Ce qui signifie qu'elle n'est pas venue.

Ce qui signifie que Jez n'est pas J.

Ce qui signifie que je n'ai pas la moindre idée de qui est cette Jezebel Stuart.

Et je me demande bien de quoi nous avons passé la soirée à discuter.

CHAPITRE TROIS

ASSIS AU BAR, je reste penché sur mon verre pendant quinze bonnes minutes avant qu'une illumination me vienne. Soudain, je comprends. Certes, j'aurais pu tirer au clair cet embrouillamini plus tôt, mais ma tête refusait de coopérer. Je restais bloqué sur ces jambes interminables. Cette peau douce. Ces yeux sensuels et pénétrants.

Sans mentionner sa bouche, faite pour le péché et le sarcasme à la fois.

Je me suis laissé déconcentrer, certes. Et j'ai été plutôt lent à la détente. Au moins, j'ai fini par mettre de l'ordre dans mes idées. Et à cet instant précis – quand je comprends enfin le micmac absolu qu'a été notre conversation –, je bondis de ma chaise et je me dirige vers la porte.

Jez, évidemment, a disparu depuis longtemps.

Merde alors.

Je retourne à l'intérieur et je me laisse tomber sur la chaise que je viens d'abandonner. Ma boisson diluée est encore là et le serveur s'apprête à la récupérer. Je lâche presque un grognement, tel un lion dominant réclamant les restes déchiquetés d'une gazelle, et il recule en écarquillant les yeux.

Je vide mon verre d'un trait et je croque les glaçons tout en triturant mon téléphone.

Maintenant que j'ai une vue d'ensemble, le véritable scénario est douloureusement évident. Je suis venu en pensant rencontrer ma partenaire d'un soir. Elle est venue en pensant embaucher un agent de sécurité, manifestement peu fiable, qui ne s'est jamais pointé.

À moins que…?

Je fronce les sourcils en évaluant la coïncidence. S'est-il pointé, justement ? Ou plus spécifiquement, était-ce *moi* ?

En gémissant, je me laisse aller contre le dossier de ma chaise et je prends une profonde inspiration. Parce qu'en cet instant, j'ai comme l'impression que cette histoire sent mauvais.

Je sors mon téléphone, je compose le numéro de Kerrie et j'attends qu'elle décroche.

— Tu ne trouves pas que je te vois déjà trop au travail ? répond ma sœur.

— Tu ne me vois jamais trop, et tu le sais.

Elle pouffe.

— Sérieusement, que veux-tu ? Je me fais couler un bain et il y a un seigneur écossais sexy qui attend que je le rejoigne.

— Patience, dis-je. Tu verras, ça n'en sera que meilleur.

Notre mère avait toute une collection de romans de Barbara Cartland que ma petite sœur a découverts quand elle avait onze ans et moi vingt et un. Pour mes parents, ma sœur a été un bébé surprise-ce-n'est-pas-encore-la-ménopause, et pour cette raison, elle a passé plus de temps à la maison quand elle était enfant que moi au même âge. Mes parents étaient plus âgés, encore dans la vie active, et ils étaient moins enclins à la conduire aux quatre coins de la ville. Quant à moi, j'étais au Moyen-Orient pour ma première période de service et je n'étais pas là pour jouer les grands frères.

Apparemment, madame Cartland est une drogue douce qui conduit à des drogues plus dures, car je suis presque certain que maintenant, Kerrie a lu tous les romans d'amour jamais écrits. Tous, sauf ceux dont les héros sont d'anciens membres des forces spéciales. Elle dit que ça lui fait trop penser à moi et que c'est bizarre.

« D'autant plus que je ne t'imagine pas du tout dans un roman sentimental », m'a-t-elle dit un jour.

Étant donné qu'une histoire d'amour demande un peu plus qu'un coup d'un soir, elle a sans doute raison.

À présent, elle pousse un long soupir.

— Que veux-tu ?

— As-tu prévu un rendez-vous entre moi et une certaine Jezebel Stuart ?

— Attends... quoi ?

Sa voix est plus aiguë et je la soupçonne d'être la coupable que je cherche.

— Bon sang, Kerrie. Si tu prévois un rendez-vous, inscris-le dans le calendrier. C'est la base de ton boulot.

— Je sais comment faire mon boulot et je n'ai prévu aucun rendez-vous avec toi. Mais...

— Avec Cayden ? Connor ? dis-je en énumérant les noms de mes associés.

— Non. Aucun rendez-vous. Nada. Walou. Maintenant, tu veux bien arrêter les conneries et me dire ce qui se passe ?

— Es-tu devant ton ordinateur ?

— Oui, j'ai un ordinateur dans ma salle de bain.

Je l'entends presque lever les yeux au ciel.

— Bon, de quoi as-tu besoin ?

— J'aimerais des infos sur cette femme. Jezebel...

— Stuart. Oui, je sais. Tu me l'as dit. Je n'ai pas besoin d'ordinateur pour ça. Elle vient de Phoenix, mais elle a passé dix ans à Los Angeles. Maintenant, elle est au Texas. Sa sœur tourne un film. Et pourquoi est-ce que je te raconte tout ça, au fait ?

— Tu es déjà en ligne ? Comment sais-tu cela ?

— Euh, peut-être parce que j'ai une vie et que je lis autre chose que *Les Armes tactiques* et *Sécurité Magazine*.

— Et *Snoopy*, ajouté-je, pince-sans-rire. Je ne rate jamais mon numéro de *Snoopy*.

— Sa sœur s'appelle Delilah Stuart, poursuit-elle sans prêter attention à ma remarque. Et Jezebel est son agent. Est-ce pour ça qu'elle fait appel à nous ? À cause du harcèlement que subit Delilah depuis qu'elle a trompé Levyl avec Garreth Todd ?

— Pas exactement.

J'ignore qui est Levyl, mais je vois qui est Garreth Todd. Parce que, contrairement à ce que pense ma sœur, je ne passe pas tout mon temps libre dans mes magazines. J'éprouve aussi une profonde affection pour les films bourrés de cadavres, avec des courses-poursuites, et Todd a récemment joué dans trois de mes préférés.

En général, j'aimerais mieux m'enfoncer des tiges en bambou sous les doigts plutôt que de lire des infos sur les ragots d'Hollywood, en discuter ou y penser. Mais maintenant que Kerrie aborde le sujet, je me rappelle une conversation, il y a quelque temps. Une fille avec qui je suis sorti un soir n'arrêtait pas de parler d'une ancienne enfant star devenue l'étoile montante du cinéma. Ses fans l'ont toujours adorée. Pas uniquement grâce à ses rôles phares, mais parce qu'elle sortait avec le chanteur d'un groupe populaire. Le genre de groupe composé de garçons, dont les chansons font hurler les adolescentes et dont les biographies non officielles font le bonheur des femmes qui les achètent discrètement dans la file d'attente à la caisse des supermarchés.

Apparemment, l'histoire d'amour entre l'actrice et le chanteur s'est retrouvée étalée dans la presse à scandale. C'était le couple glamour que tout le monde prenait pour modèle.

Mais l'actrice a ensuite décroché un rôle en or dans un film à gros budget, où elle donnait la réplique à Garreth Todd. Quand elle a couché avec Todd, brisant le cœur du chanteur, la nouvelle s'est vite répandue. Aux yeux des fans, la petite fiancée de l'Amérique est devenue une harpie sans âme qui broie la vie des hommes. Elle fait encore la une des magazines, mais à présent, c'est parce que les femmes du monde entier la détestent, prenant systématiquement le parti du chanteur malheureux.

À ma connaissance, il n'y a pas eu de menaces de mort à l'encontre de l'actrice, mais à en juger par l'aigreur de ma compagne ce soir-là, quand elle m'a raconté le mélodrame, cela ne m'étonnerait pas.

Elle avait conclu son histoire en disant que l'actrice n'avait que ce qu'elle méritait. Apparemment, elle avait perdu le rôle qu'elle devait jouer dans le film d'une grande franchise. D'un point de vue professionnel, elle était devenue un paria.

Comme je le disais, un vrai mélodrame.

Sur le moment, le nom de l'actrice ne me disait rien. Maintenant, je suis convaincu qu'il s'agissait de Delilah Stuart.

Avant que je puisse demander à Kerrie plus de détails, elle poursuit :

— Ce sera super. Je parie que Delilah a toutes sortes de missions de sécurité en réserve. Et si nous obtenons ce contrat, alors nous en aurons peut-être d'autres dans le milieu du divertissement. Il y a beaucoup de boulot à Austin, dans le film et la musique, et malgré la controverse, une recommandation de Delilah vaudrait de l'or. Nous pourrions clairement boucher le trou laissé par Talbot, tu sais ?

Oui, je le sais. Blackwell-Lyon est encore une société relativement récente et quand les gars et moi avons quitté notre ancienne entreprise, nous espérions une succession de contrats avec Reginald Talbot, un milliardaire de la Silicon Valley qui a déménagé à Austin avec sa famille et sa société il y a dix ans. Mais cinq mois après que Blackwell-Lyon a ouvert ses portes, Talbot a décidé de prendre sa retraite, de vendre l'intégralité de ses activités à un grand groupe d'affaires et de partir vivre au bord de la Méditerranée avec son épouse.

En d'autres termes, il peaufine son bronzage tandis que mes associés et moi, nous nous efforçons de remplir le vide qu'il laisse dans notre clientèle.

— Alors, que s'est-il passé au juste ? me demande Kerrie. Tu as eu un rendez-vous avec elle ? Comment ?

— Sans importance, dis-je.

Une fois que Kerrie connaîtra la véritable histoire, je n'aurai pas fini d'en entendre parler.

— Pour le moment, j'aimerais savoir dans quel hôtel elle est.

Je suis expert en sécurité, pas détective privé. Mais au fil des ans, je me suis attaché un certain nombre de ressources.

— Appelle Gordo et dis-lui que j'ai une mission express.

— S'il te plaît, ce serait gentil.

— S'il te plaît.

— Eh bien, puisque tu me le demandes gentiment...

— Kerrie, dis-je sur le ton de l'avertissement.

— Je te taquine. Je n'ai pas besoin d'appeler Gordo. Delilah est au Violet Crown. Alors, je suppose que Jezebel aussi.

— Comment le sais-tu ? demandé-je tout en calculant déjà le temps qu'il me faudra pour y aller en voiture.

Le Violet Crown est un hôtel de luxe au centre-ville d'Austin. C'est bien pratique, car c'est à quelques kilomètres du Thym.

— Twitter. Quelqu'un à l'hôtel l'a prise en photo et l'a postée. *Hashtag Delilah Stuart.*

Je fronce les sourcils.

— Ça a été posté quand ? Il y en a d'autres ?

De toute évidence, elle est devant son ordinateur maintenant, parce que je l'entends taper sur son clavier.

— Euh, c'est apparu il y a environ un quart d'heure. Et il y a une vingtaine de *likes.*

D'autres bruits de clavier.

— Mais je n'en vois pas d'autres. Beaucoup de retweets, par contre. Pourquoi ?

J'ignore la question.

— Je t'appellerai plus tard.

J'ai laissé un billet de cinquante dollars sur la table et je me dirige déjà vers le voiturier.

— Pierce, insiste-t-elle alors que je lui remets mon ticket. Que se passe-t-il ?

— Rien, je l'espère.

— Mais...

Je raccroche avant de tambouriner du doigt sur le

pupitre du voiturier. J'ai hâte de récupérer ma voiture. Chaque seconde qui passe accentue un peu plus la boule qui me noue le ventre.

Je ne connais peut-être pas l'histoire dans son ensemble, mais j'en sais suffisamment.

Je sais que Jez est venue au Thym parce qu'elle cherchait à engager une équipe de sécurité. Je sais qu'elle a mentionné sa sœur dans notre conversation.

Je sais que Delilah est toujours méprisée par ses fans.

Et je sais que maintenant, tout le monde sait où elle se trouve.

Traitez-moi de parano si vous voulez, mais ça s'annonce mal.

CHAPITRE QUATRE

— J'AIMERAIS APPELER la chambre de Jezebel Stuart.

Je remonte la Cinquième Rue en direction de Lamar Boulevard, mon téléphone connecté au système audio de la Range Rover.

J'espère m'inquiéter pour rien. Sans doute la société de production actuelle a-t-elle affecté à Delilah une équipe de sécurité. Mais si tel est le cas, alors pourquoi Jezebel cherchait-elle à m'engager ? Ou plutôt, pourquoi cherchait-elle à embaucher le type qui était censé se présenter à ma place ?

Je n'en sais rien, et en ce moment, je m'en fiche. Une seule chose compte, c'est que Jez me prend sûrement pour un type aussi arrogant qu'incompétent. Pourtant, je ne peux pas laisser tomber avant d'être convaincu que sa sœur et elle sont en sécurité.

— Je suis désolée, monsieur, mais personne n'est enregistré sous ce nom.

La fille au bout de la ligne ne semble même pas assez âgée pour avoir le droit de boire de l'alcool et je sais que je gâche sa journée. Mais mieux vaut la sienne que celle de Jezebel.

— Excellent, dis-je en ajoutant un peu de charme à ma voix. C'est exactement ce que vous étiez censée répondre. Je ferai savoir à votre responsable que vous avez strictement suivi le protocole.

Je marque une pause suffisamment longue pour lui permettre de me dire qu'elle ne voit absolument pas de quoi je veux parler. Mais elle garde le silence et je sais que j'ai deviné juste : Jez et Delilah sont clientes, les responsables le savent très bien et le personnel a pour ordre de protéger leur vie privée quoi qu'il arrive.

— Je travaille pour le département publicitaire du studio. Jezebel attend mon coup de fil.

— Mais je ne suis pas censée transmettre les appels.

— Non, c'est vrai. Et votre rigueur vous honore. On vous a informée du protocole en cas d'appel, je suppose.

— Euh...

— Au temps pour moi, on aurait dû vous tenir au courant. Vous comprenez que nous devons être en mesure de joindre les Stuart, même si elles ont éteint leurs téléphones portables. Alors, mettez-moi en attente et appelez-la. Dites à Jezebel que Pierce Blackwell souhaiterait lui parler. *PB*, ajouté-je. Précisez bien qu'il s'agit de PB. Et dites-lui que c'est important.

Je crains que mon nom ne me fasse pas gagner de points auprès de Jez. Cela dit, j'espère qu'elle acceptera mon appel par pure curiosité.

— Mais...

— C'est la procédure en vigueur ! insisté-je en tournant à droite sur Lamar avant de prendre la direction du pont. Une fois que mademoiselle Stuart aura accepté, il vous suffira de me la passer directement.

— Oh. D'accord. Un instant, s'il vous plaît.

Une musique d'ascenseur se fait entendre et je me félicite mentalement.

Pourtant, ma victoire retombe vite, car mon temps d'attente s'éternise. J'arrive au pont. Je suis sur le pont. Maintenant, je suis coincé à un feu rouge. Je jette un œil sur ma droite en direction de la lune qui se reflète sur la surface du fleuve que nous appelions Town Lake jusqu'à ce que la ville lui donne le nom de Lady Bird Lake, une décennie plus tôt. C'est une portion du fleuve Colorado fermée par un barrage et je me demande bien pourquoi elle n'a pas le même nom.

Je laisse mes yeux dériver vers les collines vallonnées sur la rive sud du fleuve. Je ne le vois pas sous cet angle, mais je sais que l'hôtel Violet Crown est là-bas. Et Jezebel.

Quand je franchis le pont et tourne à droite sur Barton Springs Road, je suis toujours en attente. Je me dis que Jez a refusé l'appel et que je ne lui parlerai jamais.

Je m'apprête à raccrocher pour composer à nouveau le numéro quand la réceptionniste revient en ligne.

— Je vais vous la passer, me dit-elle avant que je puisse lui demander ce qui s'est passé.

Aussitôt, j'entends la voix de Jez.

— Comment m'avez-vous trouvée ? Et d'abord, pourquoi appelez-vous ? Ai-je oublié quelque chose au bar ?

— Je suis à trois minutes de votre hôtel. Je vais passer derrière et me garer devant la sortie de service. Une Range Rover noire. Prenez vos affaires. Allez chercher votre sœur et retrouvez-moi là-bas.

— Au cas où vous ne l'auriez pas remarqué, nous ne travaillons pas ensemble, vous et moi.

— J'apprécie votre esprit de contradiction, mais pour l'instant, vous devez me faire confiance. Je vous emmène quelque part.

— Vous faire confiance ? Je ne vous connais même pas. Et je suis presque sûre de ne pas vous aimer.

— Presque sûre, c'est tout ? Content de savoir qu'il me reste une petite fenêtre d'espoir.

— Pierce...

— Et vous ne m'aimez peut-être pas, mais vous me faites confiance. Sinon, vous n'auriez même pas accepté de répondre. Alors, je parie que vous avez fait vos recherches. Vous avez consulté mon site web et cherché sur Google le nom de ma société, mes antécédents.

Elle ne dit rien et je prends son silence pour une confirmation.

— Où est Delilah ? demandé-je en m'efforçant de garder un ton impassible qui ne laisse pas transparaître mon sourire.

— Je croyais que vous ne connaissiez rien sur ma sœur ?

— J'apprends vite. Et je sais que quelqu'un a donné le nom de votre hôtel sur Twitter.

— *Merde.*

À sa voix, il est clair qu'elle ne le savait pas.

— Vous devriez paramétrer des alertes, dis-je avec prévenance.

— C'est fait... enfin, j'en recevais, répond-elle avant de pousser un juron à mi-voix. Ces derniers temps, il y a tant de choses sur internet au sujet de Delilah que mon téléphone n'arrêtait pas de sonner. Maintenant, notre publicitaire fait un bilan chaque nuit et m'envoie un résumé tous les matins.

— Écoutez, le Crown est un petit hôtel formidable, mais il n'est pas assez sécurisé pour vous. Allez chercher votre sœur, retrouvez-moi et laissez-moi vous conduire dans un endroit sûr.

— Et en quoi cela vous concerne ?

En effet, bonne question. Je ne sais pas vraiment comment lui répondre. Surtout parce que je refuse d'admettre la véritable réponse – qu'elle m'est rentrée dans la tête et qu'il est inconcevable que je ne l'aide pas. Et j'accepte encore moins de la lui avouer.

Au lieu de ça, j'opte pour un mensonge honnête. C'est vrai, même si ce n'est pas la raison principale.

— Parce que je crois que nous avons quelque chose en commun, vous et moi.

— Sincèrement, j'en doute.

— J'ai une sœur cadette, dis-je. Et je remuerais ciel et terre pour m'assurer qu'il ne lui arrive rien de mal.

Pendant un moment, elle ne dit rien. Puis elle me répond d'une voix plus douce :

— Elle n'est pas ici. Ils finissent tard ce soir. C'est l'un de nos membres de la sécurité qui la ramène. Mais elle vient de m'envoyer un texto il y a quelques minutes et ils seront bientôt là.

À présent, j'arrive au Crown. C'est un bâtiment bas et étendu, en forme de U. À l'intérieur se trouve un bar à aire ouverte, public et très fréquenté, autour d'une piscine.

Les terrasses de toutes les chambres donnent sur la piscine ou la pelouse. Un voiturier attend au bout de l'allée circulaire, devant l'accès à l'espace-bar.

Je suppose que Delilah a commis l'erreur de sortir sur sa terrasse ou de s'approcher d'une fenêtre. Un fan l'aura prise en photo depuis le bar en contrebas.

Le poste du voiturier se situe juste devant l'entrée principale donnant sur le hall de l'hôtel, auquel on accède par une courte allée couverte au bout de l'une des branches du chemin en U. Ainsi, pour entrer dans l'hôtel, il faut passer par le bar. C'est formidable pour faciliter les rencontres d'affaires, mais beaucoup moins pour la sécurité ou lorsque l'on cherche à protéger sa vie privée.

Alors que je m'avance lentement, je constate que le bar grouille de clients. L'établissement a toujours été populaire, mais là, il est tellement bondé qu'on dirait une version de l'enfer de Dante.

J'espère que la fréquentation du bar est due à une offre spéciale du mercredi soir, or je crains que la majeure partie de ces gens ne soient pas venus pour boire, mais pour s'offrir un autre divertissement. Et Delilah, malheureusement, en sera l'attraction principale.

— Envoyez un texto à votre sœur. Demandez au chauffeur de l'emmener de l'autre côté.

— Trop tard, dit-elle. Apparemment, elle vient juste d'arriver.

En effet, une berline Lincoln noire vient de s'arrêter devant le voiturier. Le groom doit reconnaître la voiture, parce qu'il s'empresse d'ouvrir la portière de derrière. Le chauffeur sort à son tour et commence à contourner le véhicule vers la portière.

Je ne vois pas qui se trouve dans la voiture, mais la foule au bar a une vue imprenable sur l'allée et dès que la portière s'ouvre, la plupart des clients se lèvent. J'ai baissé ma vitre. Les sifflets et les quolibets me parviennent distinctement, accompagnés d'insultes du genre : *salope*, *traînée* ou encore *Levyl mérite mieux*.

Je passe la première et je m'avance au moment même où la foule commence à lancer des tomates pourries. Les flashs d'une demi-douzaine d'appareils photo crépitent, illuminant la scène.

Les tomates s'écrasent sur le trottoir et Delilah retourne à couvert dans la voiture, claquant la portière derrière elle tandis qu'une pluie de petites bombes rouges éclate contre la carrosserie du véhicule.

J'arrête la Rover à côté de la Lincoln dans un crissement de pneus.

— Que se passe-t-il ? s'écrie Jezebel d'une voix métallique dans le système audio.

Je ne prends pas la peine de répondre. Je suis sorti de la voiture et j'ouvre la portière de la Lincoln, du côté gauche. Delilah, l'air jeune et apeuré, se recroqueville loin de moi. Je lui tends la main.

— Je suis avec Jez. Venez.

Elle hésite et je crains de devoir me pencher pour l'entraîner de force quand la voix de Jez retentit dans le haut-parleur de la Range Rover :

— Fais ce qu'il dit, Del. J'arrive.

Aussitôt, Delilah obéit. Je lui prends la main et je l'attire à moi avant de la faire monter sur la banquette arrière de la Range Rover.

— Eh ! lance le type de la sécurité, me confirmant à quel point c'est un abruti incompétent.

Près de la Lincoln, du côté de l'hôtel, un attroupement de femmes se forme. Leurs yeux sont remplis d'une colère noire que je ne comprends pas, mais que je ne peux pas ignorer.

— *Salope !*

— *Levyl était trop bien pour toi.*

— *Comment tu as pu lui faire ça ?*

— *Sale pute !*

Elles se rapprochent et je rejoins le volant en criant à Jez de nous retrouver devant la sortie de secours.

Mais alors que je m'apprête à monter en voiture, elle franchit en trombe la porte de l'hôtel et s'arrête net, à quelques pas de la foule qui vocifère. *Merde.*

Elle a collé son téléphone à l'oreille et je l'entends lancer : *Delilah !* en stéréo – sur le trottoir à quelques mètres de là et par la vitre ouverte de ma Range Rover.

— Jez ! crie Delilah. S'il vous plaît, monsieur !

Je n'hésite qu'une seconde, me demandant si ce sera plus rapide de monter dans la Rover ou de piquer un sprint vers le trottoir.

Je m'élance.

D'abord, elle n'intéresse pas la foule, mais quelqu'un lance : *Jezebel*, et tout le monde se rue en bloc vers elle, la bombardant de questions au sujet de Delilah. Un élan d'énergie furieuse me traverse. Ils ne la toucheront *pas*. Je m'efforce de la rejoindre au plus vite, ne m'autorisant à respirer que lorsque j'attrape sa main tendue.

— Venez, ordonné-je.

Mais c'est inutile. Elle est déjà à côté de moi et nous nous précipitons ensemble vers la voiture, nos doigts entrelacés, tandis que les jeunes femmes m'agrippent la veste en hurlant des jurons, des questions et des insultes, promettant à Delilah qu'elle paiera pour le chagrin qu'elle a infligé à leur merveilleux et cher Levyl.

— Entrez !

J'ouvre la portière pour la laisser entrer à côté de sa sœur. Puis je la referme vivement, monte derrière le volant et démarre vers la rue dans une odeur de pneu brûlé.

Je ne m'arrête pas avant que nous nous soyons éloignés de l'hôtel. Enfin, je me gare sur une place de parking à Zilker Park, je coupe le moteur et je me détends, levant immédiatement les yeux vers le rétroviseur. Vers *elle*.

Les deux femmes sont l'une à côté de l'autre. Jez a passé les bras autour de Delilah, qui pleure tout bas, blottie contre sa sœur. Au bout d'un moment, Jez lève la tête et croise mon regard dans le rétroviseur. *Merci*, articule-t-elle. Je détourne les yeux et mon cœur se contracte sous l'effet de l'émotion. Je me dis que je ne pense qu'à Kerrie. Que je me mets à la place de Jez et que je compatis à ce qu'elle ressent pour sa sœur.

Bien sûr, ce n'est pas vrai. Ce que je ressens, c'est la stupeur devant la reconnaissance de cette femme. Ce regard plein de tendresse et de gratitude de la part d'une femme forte et responsable, certes, mais qui avait besoin de moi. Et je suis fier d'avoir réussi pour elle.

Pour elle.

Parce qu'il n'est pas question de boulot. Il s'agit de cette femme. C'est quelque chose que je n'avais pas ressenti depuis bien longtemps.

Et honnêtement, ce n'est pas quelque chose que j'ai envie de ressentir.

Soudain, je me sens trop à l'étroit dans l'habitacle

spacieux de ma Range Rover. J'agrippe la poignée pour ouvrir la portière en grand et je sors avant de la fermer derrière moi. Elles ont besoin d'intimité. Et moi, j'ai besoin d'espace.

Mais après quelques minutes, j'entends la portière s'ouvrir et se refermer en claquant. Je m'adosse contre la Rover, les yeux tournés vers le terrain de foot et le fleuve. Mon appartement se trouve de l'autre côté. De là, j'aperçois mon immeuble qui se dresse sur la silhouette obscure du centre-ville d'Austin.

Chez moi.

— C'est une belle vue, dit Jez en s'adossant à côté de moi.

— Votre première visite à Austin, c'est bien ça ?

Je regarde toujours les lumières de la ville, mais je la devine dans ma vision périphérique. Elle est tournée vers moi, la tête légèrement inclinée comme si j'étais une énigme épineuse à résoudre.

— Pourquoi étiez-vous au Thym ? Ce n'était pas pour me rencontrer.

— Un *blind date*, dis-je en me tournant vers elle. Il y a eu erreur sur la personne.

J'ajoute en désignant la voiture d'un hochement de tête :

— On devrait l'écrire. Ce sera une comédie policière et romantique. Votre sœur pourrait tenir le premier rôle.

Aussitôt, son visage se ferme et elle croise les bras autour de son buste comme si elle avait froid. Nous sommes au mois de mars, mais à Austin, il y a à peine un souffle d'air. Malgré tout, je retire ma veste et je la passe sur ses épaules. Elle m'adresse un petit sourire, à la fois penaude et vulnérable.

— Je commence à me demander s'il y aura un quelconque rôle à jouer.

— De quoi parlez-vous ?

Pendant un moment, je crois qu'elle s'apprête à répondre, mais ses barrières se remettent brutalement en place et elle secoue la tête.

— Rien. Peu importe.

— Jez…

— Honnêtement, ça ne vous regarde pas.

Elle s'écarte de la voiture.

— Merci pour votre aide, sincèrement. Mais ça va aller maintenant. Quand vous nous ramènerez, vous devriez nous déposer devant la porte de service.

— Nous n'y retournerons pas, dis-je.

— Pardon ?

— C'est South By Southwest en ce moment, dis-je en faisant référence au célèbre festival qui bat son plein à Austin. C'est synonyme de fans, de journalistes, la totale. Tout le monde est en ville. Et le Violet Crown n'est pas sûr. Croyez-vous que les photographes vont se tenir à l'écart du bar parce que vous le leur demandez poliment ?

— Vous avez raison, dit-elle contre toute attente. Je m'en occuperai demain.

— Et si on s'en occupait ce soir ?

Elle pince fermement les lèvres.

— J'apprécie ce que vous avez fait, dit-elle. Mais je ne vous embauche pas. J'ai besoin d'une société capable de m'offrir une solution à long terme, pas au coup par coup.

— On peut dire que ça fonctionne bien jusqu'à présent, dis-je avec un sourire désabusé. Mais que les choses soient claires. Dans le cadre du travail, les relations à long terme m'intéressent.

— Alors seule votre vie personnelle est en dents de scie ?

Son intonation me fait l'effet d'un coup de poignard dans le ventre. Comme si elle venait de me mettre à nu, révélant mes désirs et mes besoins.

— Oui, dis-je. J'ai essayé le costume du couple autrefois. Il est un peu trop étriqué à mon goût.

Elle hoche la tête.

— Bon, de toute façon, ça n'a aucune importance. Nous ne sommes pas dans une relation, nous n'aurons pas d'histoire d'un soir et j'ai déjà une autre équipe de sécurité prête à travailler pour moi jusqu'à la fin du tournage.

— Dirigée par ce type qui n'est jamais venu au Thym ?

— Oui, figurez-vous.

J'acquiesce.

— Il me semble très fiable et sûr. Bon choix.

— Le studio nous l'a conseillé, réplique-t-elle sèchement. Mais ils ont fait une erreur en inscrivant la date de rendez-vous. Il arrive demain par avion.

— Et Larry ?

Elle fronce les sourcils.

— Comment ça, Larry ?

— Votre ancien responsable de la sécurité, n'est-ce pas ? Celui que vous avez gardé pendant cinq ans ?

J'agite le doigt à côté de ma tête dans un mouvement circulaire.

— J'ai repensé à notre conversation. C'est bien plus logique, maintenant que j'ai compris qui vous n'étiez pas.

— Que voulez-vous savoir sur lui ?

— Approuve-t-il votre nouvel agent de sécurité ?

— Je... impossible de le savoir.

Elle prend une inspiration et baisse les yeux au sol.

— Il est mort il y a plus d'un an. Un chauffard ivre à Newport Beach.

Mon sang ne fait qu'un tour. Cette histoire ne m'est que trop familière.

— Larry ? dis-je. Laurence Piper ? Colonel Laurence Piper ?

Elle écarquille les yeux.

— Vous le connaissiez ?

— J'ai passé six mois sous ses ordres. J'ai assisté à ses funérailles.

— Vous étiez dans les forces spéciales.

Je hoche la tête. Je n'aime pas parler de mon service sous les drapeaux. Je ne le regrette pas – je dois mon métier et mon entraînement aux aptitudes que j'ai acquises dans l'armée –, mais ce que j'y ai vu me hante encore. Et j'ai appris il y a longtemps à tourner le dos à la douleur.

— Je crois que Larry voudrait que je m'assure de votre sécurité, dis-je. Que je vous fasse quitter le Crown.

Le vent pose une mèche de cheveux sur ses lèvres et je l'écarte sans réfléchir, étonné par la sensation intensément consciente qui me traverse lorsque mes doigts effleurent sa joue.

Elle ressent la même chose, elle aussi. J'en suis certain. J'entends son inspiration frémissante. Je la vois détourner les yeux et reculer d'un pas. Elle s'arrête en resserrant ma veste autour de ses épaules. Quand elle lève la tête vers moi, elle a retrouvé tout son sérieux.

— Nous ne trouverons jamais de chambre. C'est le

festival, vous l'avez oublié ? Et toute notre équipe est au Crown.

— En d'autres termes, si je peux vous faire livrer vos affaires et vous installer dans une chambre, vous changerez d'hôtel sans discuter ?

— Après tout, dit-elle. Au point où nous en sommes.

Je réprime un sourire satisfait.

— Vous vous êtes déjà brûlé les ailes.

Elle pince les lèvres, mais cette fois, ce n'est pas avec agacement, mais parce qu'elle se retient de rire. L'effort illumine son regard, lui donnant une lueur à la fois tendre et sexy... à l'opposé de la direction où mes pensées devraient s'aventurer.

Au bout d'une seconde, elle se ressaisit.

— Bon. Très bien. Vous gagnez. Mais vous ne trouverez jamais de chambre. C'est de la folie.

— On parie ?

Maintenant, c'est moi qui me brûle les ailes. Mais c'est plus fort que moi. J'ai envie de sentir la chaleur, malgré les risques du feu.

Elle plisse les yeux.

— Quels sont les enjeux ?

— Je vous ai prise pour la femme avec qui j'avais rendez-vous ce soir. Faisons-le pour de bon. Dînez avec moi demain.

Elle hausse un sourcil comme elle le fait souvent.

— Quand vous m'avez prise pour votre compagne de la soirée, nous avons bu un verre.

— C'est vrai, dis-je. Alors prenons l'apéritif ensemble. Marché conclu ?

— Marché conclu, répond-elle. Mais vous ne gagnerez pas.

— C'est ce qu'on va voir.

Je sors mon téléphone en espérant ne pas pécher par excès de confiance et j'appelle un ami à qui je n'ai pas parlé depuis des années. En attendant, j'explique :

— Ryan Hunter. Autrefois, il avait sa propre société, mais maintenant il est responsable de la sécurité chez Stark International.

C'est le grand groupe multinational que possède Damien Stark, ancien joueur de tennis professionnel devenu entrepreneur milliardaire.

— Et en quoi est-ce utile ?

— Le nouvel hôtel Starfire sur Congress Avenue est une propriété Stark. Alors si les gérants gardent une chambre de côté, je suis sûr à quatre-vingt-dix pour cent que Ryan peut me la réserver.

Il répond à la quatrième sonnerie et après les banalités d'usage, j'en viens au fait.

— Une suite, dans la mesure du possible, dis-je après lui avoir exposé la situation. Mais j'accepterai tout ce que tu pourras me dégoter.

— Attends, dit-il avant de me mettre sur attente.

C'est bon, fait-il lorsqu'il me reprend. Demande Luis quand tu seras là-bas. Il les installera.

— Je t'en dois une.

— J'y penserai.

Je pars d'un petit rire avant de raccrocher. Dans le milieu de la sécurité, il est souvent question d'échange de bons procédés. Aujourd'hui, cette pratique a bien fonctionné pour moi – et pour Jez, qui me dévisage avec curiosité.

Je lui adresse un sourire triomphant.

— Il ne faut jamais parier contre le casino.

— Allons-y, dit-elle.

Malgré la gravité de son intonation, j'entends une pointe d'humour dans sa voix.

Comme promis, Luis s'occupe immédiatement de Del et de Jez, les inscrivant sous des pseudonymes avant de les conduire dans leur suite, avec un accès privé et deux chambres de part et d'autre d'une vaste salle de séjour.

— J'espère que ça vous convient, dit Luis.

— C'est formidable, lui assure Jez.

— Alors, vous êtes bien installées ? demandé-je après le départ de Luis.

Il a promis d'effectuer la liaison avec le Crown pour organiser le transfert de leurs affaires.

— À demain soir. Je passerai vous chercher à vingt heures.

— Je vous retrouve au Thym, dit-elle avant d'afficher un sourire innocent.

— Très bien. Mais cette fois, pas d'eau pétillante avec citron.

— D'accord, accepte-t-elle.

— Vous devez vous serrer la main, déclare Delilah en sortant de la chambre qu'elle vient de choisir.

Je ne l'avais pas encore bien regardée, mais on voit facilement pourquoi elle s'est retrouvée propulsée dans le monde des stars. À dix-huit ans, elle dégage la maturité d'une femme plus âgée. Mais on décèle aussi dans ses yeux une innocence qui suggère une vie un peu trop couvée.

Elle est plus petite que sa sœur, et plus fine. Presque trop maigre, du moins à mon goût.

Son visage est d'une beauté classique, mais ses taches de rousseur lui donnent un côté abordable. Elle est joviale, malgré le harcèlement des fans, et on comprend aisément laquelle des deux sœurs est la plus grave.

— Encore merci, me dit Delilah, pour la millième fois au moins. Pour le sauvetage et pour la chambre.

— De rien.

Elle me sourit.

— Il a assuré, non ? dit-elle à Jez.

— Il est autoritaire et arrogant, tu veux dire, répond sa sœur en jetant un œil vers moi. Mais, oui, il a assuré.

Je souris, plus réjoui par son compliment que je ne devrais l'être.

— Bien sûr, c'est aussi un abruti, ajoute-t-elle, faisant rire Delilah aux éclats.

— Attention, sinon je proposerai un autre pari. Je crois que nous connaissons tous les deux vos antécédents.

— Je tremble de terreur.

Delilah tourne la tête, les yeux grands ouverts comme si elle nous regardait disputer un match de tennis.

— Alors, demain, c'est ça ? dit-elle. Moi, je resterai ici.

— Tu as intérêt ! s'exclame Jez. Il n'y a pas de tournage en soirée demain. Alors aucun risque de revivre la scène de ce soir.

Elle consulte sa montre.

— Tu commences à cinq heures. Je te réveillerai à quatre heures. Allez.

Elle fait un signe en direction de la chambre.

Delilah me regarde d'un air exaspéré.

— Elle oublie que ça fait cinq ans que je n'en ai plus treize.

— Et toi, tu oublies comme tu peux être une vraie peste quand tu manques de sommeil.

Non, c'est elle, articule silencieusement Delilah en

levant une main pour cacher à Jez le doigt qu'elle tend vers elle pour la désigner.

— J'ai entendu.

— J'y vais, j'y vais.

Delilah marque une pause avant d'entrer dans sa chambre.

— Encore merci, Pierce. Pour tout.

— Il n'y a pas de quoi.

Quand elle referme la porte, je me retrouve seul avec Jez. Soudain, cette suite grandiose me paraît trop exiguë.

Je me racle la gorge.

— Je devrais vous laisser dormir aussi.

Elle hoche la tête.

— Oui. Il est tard.

— À demain, dis-je.

— À demain.

Elle s'approche de moi et mon cœur s'emballe quand je pense au contact de sa peau. Aussitôt, je me sens mortifié en voyant qu'elle se contente d'aller m'ouvrir la porte. Je lui ordonne :

— Fermez à double tour derrière moi.

— Bien sûr.

Je me retrouve dans le couloir. Elle sourit, puis la porte se referme devant mon visage.

Fin de l'histoire.

Sauf que non, pas vraiment. Je la verrai demain.

Et en cet instant, je me rends compte que j'ai commis une erreur avec ce pari. J'aurais dû tenir ma langue.

J'aurais dû m'en aller sans discuter.

Parce que Jezebel Stuart est le genre de femme qui vous rentre dans la peau.

Et moi, je ne suis pas du style à m'attacher.

CHAPITRE CINQ

— C'EST MA PHOTO PRÉFÉRÉE, dit Kerrie en tendant sa tablette à Connor pour lui montrer ce qu'elle regarde.

Puis elle la tourne vers moi comme si elle se souvenait tout juste de ma présence.

— C'est drôle parce que tout est net, sauf Delilah et toi, dit-elle. Vous êtes un peu flous, tous les deux.

— Sympa.

Appuyé contre le plan de travail, je sirote mon deuxième café de cette fin d'après-midi. Après une journée à passer en revue des plans d'architecte pour la préparation d'une mission à venir, j'ai besoin de caféine.

— Tu pourrais être plus gentille avec ton vieux frère.

L'image a été prise au Crown. On y voit Delilah et

moi en train de courir entre la berline et ma Range Rover.

— Une prise en pleine action, commente Connor en affichant un grand sourire. Et avec une star de ciné. Je ne sais pas, Blackwell. C'est peut-être le début d'une toute nouvelle carrière pour toi.

— Non, dit ma sœur à Connor. C'est toi qui ressembles à une star de cinéma.

— Eh, dis-je en levant les mains, feignant d'être vexé. Je suis quoi, moi ? De la pâtée pour chien ?

Elle repose la tablette et me jette un regard critique.

— Ça va, tu passes, me dit-elle. D'un point de vue objectif, tu es plutôt canon, même si tu es mon frère. Ce sont tes yeux qui font tout ton charme. Tu as un regard de chambre à coucher.

Devant le réfrigérateur, Connor ricane.

— Je suis sérieuse, lui dit ma sœur. Bien sûr, il a le corps qu'il faut – merci Oncle Sam – et une mâchoire carrée. Et il marque des points pour sa barbe d'un jour.

— J'essaie.

— Mais ce sont ses yeux bleu clair qui font toute la différence. Enfin, ce n'est pas juste, il a reçu ce qui me revenait de droit. L'enfoiré.

Ma sœur a les cheveux bruns et les yeux marron et elle sait très bien qu'elle est splendide.

— Mais toi, poursuit-elle en regardant Connor, tu as un côté ténébreux. C'est franchement sexy.

— Tu dis ça rien que pour m'attirer dans ton lit, plaisante Connor.

— C'est déjà fait, répond-elle avec légèreté.

Comme toujours chaque fois que leur passé remonte à la surface, je les regarde tous les deux à la recherche d'indices me prouvant que leur relation de courte durée va leur exploser au visage – et retomber sur la société. Mais ils semblent l'un et l'autre satisfaits d'être passés à autre chose. Et même si j'en suis étonné – Kerrie en pince pour Connor depuis ses treize ans, quand je l'ai ramené à la maison avec Cayden lors d'une permission –, je sais aussi que leurs quatorze ans de différence d'âge a toujours mis Connor mal à l'aise.

Comme ils n'ont pas pris la peine de me consulter lorsqu'ils ont rompu, je ne connais pas leurs raisons. Mais je sais qu'ils sont restés amis.

Cela n'a eu aucune conséquence sur nos affaires. Ma sœur fait un boulot formidable en tant qu'assistante de direction, un rôle qu'elle a endossé après m'avoir avoué qu'elle s'ennuyait terriblement dans son ancien emploi d'assistante juridique. À présent, elle gère le bureau et elle suit aussi des cours à temps partiel pour obtenir son master en gestion.

Elle reprend sa tablette.

— Il y a encore des dizaines de photos comme celle-là. Peut-être des centaines. Tu veux les voir ?

— Non, dis-je résolument.

Au même moment, Connor déclare :

— Oh, que oui !

— D'accord, répond-elle en reposant sa tablette avec un sourire. Je les montrerai à Connor plus tard, quand Cayden sera là pour partager ton humiliation.

— C'est pour ça que tu es ma sœur préférée. Tu me traites tellement bien.

— C'est super, fait-elle d'une voix chantante. Mais sérieusement, tes quinze minutes de gloire pourraient jouer en notre faveur.

Cayden fait son apparition et il s'appuie contre le mur, les bras croisés.

— Eh bien, voilà quelque chose que j'apprécie d'entendre. Qu'a encore fait notre monsieur Blackwell ?

Kerrie lui passe la tablette, puis lui fait un résumé de la veille – ou du moins, sa version. Cayden écoute, amusé, avec une expression identique à celle de Connor. C'était prévisible, j'imagine. Ce sont de vrais jumeaux. Mais aujourd'hui, c'est facile de les distinguer. Cayden porte un bandeau sur l'œil gauche – cette blessure est la raison pour laquelle il a été démobilisé trois ans plus tôt, en dépit de son intention de rester dans l'armée jusqu'à la retraite.

Il effectue toujours un travail de terrain chez Blackwell-Lyon, mais la majeure partie du temps, c'est le visage de notre organisation. Et il est sacrément doué pour ça.

« Ce bandeau me donne un côté dur à cuire, dit-il souvent. Et c'est la moindre des choses quand on demande aux clients de nous confier leurs vies. »

Il rend à Kerrie sa tablette.

— Et toute cette couverture médiatique nous apporte de nouveaux clients ?

— Ça ne se bouscule pas, dit-elle. Mais j'ai reçu au moins une demi-douzaine d'appels aujourd'hui. Je suppose qu'aux yeux des gens, si Pierce protège Delilah, alors il peut les protéger eux aussi.

— Elle nous a embauchés ? demande Cayden, de sa façon typique de couper court à une conversation.

— Non, dis-je. C'était une mission comme ça.

— Tu ne m'as jamais expliqué comment tu les avais rencontrées, me dit Kerrie.

— J'ai rencontré Jezebel au Thym. On nous avait posé un lapin à tous les deux.

— Hmm.

Je vois bien qu'elle ne me croit pas. Ça ne me dérange pas.

— Après ce super boulot, elle ne t'a pas embauché ? demande Connor. Tu es sûr d'être doué pour les affaires ?

— Je commence à en douter.

Ce n'est pas un secret que mes compétences se limitent au terrain. Nouer de nouvelles relations professionnelles, c'est la spécialité de Cayden.

— Mais tout bien considéré, je crois que je me suis bien débrouillé.

Je tends le doigt vers Kerrie.

— Elle vient de dire que le téléphone avait sonné toute la journée, non ? J'ai fait mon boulot.

Je garde un ton léger. Une attitude qui sous-entend : *circulez, il n'y a rien à voir.*

Mais la vérité ? La vérité, c'est que j'ai envie de ce boulot. Parce que sans cela, je verrai Jezebel Stuart pour la dernière fois ce soir. Et ce simple fait me déplaît au plus haut point.

— Bon, assez parlé de mon frère. On la fait cette réunion, oui ou non ?

Connor hoche la tête en direction de la table ronde au milieu de la salle de pause, Kerrie sort un bol de bonbons à la gélatine – son péché mignon – et nous nous installons pour notre réunion du jeudi matin, où nous passons en revue toutes les missions en cours et faisons un point sur le budget.

Kerrie nous annonce la mauvaise nouvelle du prix de la mise à jour de notre pare-feu quand un signal électrique indique l'arrivée de quelqu'un dans l'espace de réception.

— C'est sur la liste du budget à prévoir, ça aussi, dit Kerrie en se levant. Je suis assistante de direction, pas réceptionniste. Nous devons embaucher quelqu'un, sans tarder.

Elle disparaît de l'autre côté de la porte, traversant la courte distance jusqu'au hall de réception. Je l'entends parler à quelqu'un, mais je ne distingue pas les mots. Non que cela m'intrigue. Nous recevons quelques visites, mais nous gagnons la majeure partie des clients par le bouche-à-oreille. En temps normal, quand quelqu'un franchit notre porte d'entrée, c'est pour livrer un paquet ou déposer des prospectus pour un nouveau restaurant de plats à emporter.

Je ne suis donc pas étonné de voir Kerrie revenir rapidement. En revanche, j'ai la surprise de découvrir celle qui l'accompagne.

Jezebel.

CHAPITRE SIX

— BON, dit Kerrie dont le regard alterne entre Jez et moi. Connor et Cayden ? Pourriez-vous m'accompagner dans la salle des archives ? J'ai du mal à, euh... redémarrer le serveur informatique.

Elle sort et ils la suivent, non sans me décocher des coups d'œil intrigués. Je n'ai pas grand-chose à leur donner, cela dit. Le fait est que je suis curieux, moi aussi.

Je désigne la table.

— Un bonbon ?

— Oh, avec plaisir.

Elle s'assied et choisit un bonbon rose.

— Je me suis trompé, lui dis-je. J'aurais cru que vous prendriez de la réglisse.

Elle tient la sucrerie entre deux doigts.

— Vous trouvez que je ne suis pas assez féminine

pour le rose ?

— Absolument pas.

Je prends place à côté d'elle et mon genou effleure le sien quand je m'assieds.

— Mais je trouve que ça ne vous ressemble pas.

— C'est une vérité ?

Je tends la main vers la sienne. Mes doigts caressent sa peau lorsque je prends le bonbon rose clair entre ses doigts pour le lancer dans ma bouche.

— Un goût très doux, dis-je.

Aussitôt, elle hausse les sourcils.

— Et je ne suis pas douce ?

— Ce n'est pas ce que j'ai dit.

Elle me regarde, intéressée, tandis que je pioche un bonbon noir dans le bol.

— Mais vous avez aussi du cran. Et une classe indéniable.

Je mets la boule en gélatine dans ma bouche et je la suçote pendant un moment, constatant avec plaisir que Jez se tortille sur sa chaise. Elle esquive mon regard.

— Pour tout vous dire, je crains toujours de ne pas apprécier les bonbons noirs, mais chaque fois que je leur donne une chance, je me rends compte que c'est un vrai délice.

— Oh.

Elle déglutit et s'humecte les lèvres.

— Je pense que c'est un goût auquel on s'habitue.

— Il n'y a rien de mal à ça, pas vrai ?

Elle soutient mon regard.

— Non, rien de mal.

— Ce soir, je vous commanderai peut-être un verre de Sambuco. C'est comme les bonbons à la gélatine, mais ça fait tourner la tête.

Son sourire vacille avant de disparaître.

— C'est gentil, mais je prendrai du bourbon. Ou du vin.

Mes traits d'esprit ne rallument pas son sourire et je m'adosse à ma chaise.

— Bon, dites-moi la vérité. Où mon charme a-t-il déraillé ?

De toute évidence, ma franchise la surprend, car un rire lui échappe. Elle presse les doigts sur ses lèvres en secouant la tête.

— Désolée. Non, vous êtes très bien.

— Bien ? dis-je en la dévisageant. Quelle adorable petite menteuse.

— Non, sincèrement. Je suis désolée, votre charme est parfait. Mais je crois que nous n'irons pas boire de verre ensemble ce soir.

Ces mots me font l'effet d'un coup de pied dans le ventre, mais je n'en laisse rien paraître.

— Aucun problème, dis-je. Nous pouvons passer tout de suite à la partie de jambes en l'air.

Elle hausse un sourcil, et pendant un moment, je

l'interprète comme un signe de désapprobation. Mais j'aperçois une lueur amusée dans ses yeux avant qu'elle penche la tête, concentrée sur le bol de sucreries.

Elle prend deux bonbons en gélatine jaune marbrés.

— Ça, c'est vous. Saveur pop-corn. À la fois sucré et salé, et très inattendu.

Je penche la tête.

— On dirait un compliment. Mais c'est impossible.

Je me rencogne dans mon siège, mes doigts entrecroisés derrière la tête.

— Parce que si c'était un compliment, vous n'annuleriez pas notre rendez-vous. Un rendez-vous que j'ai gagné, vous avez oublié ? Nous avons affaire à une grave infraction au règlement.

Intérieurement, je fais la grimace. Avec des plaisanteries aussi pitoyables, pas étonnant qu'elle me rejette. Et même si je suis tenté de sortir carrément les rames, je ne suis pas sûr d'être prêt à renoncer tout de suite à ma carte de membre de la gent masculine.

— Le compliment arrive, dit-elle. J'annule notre rendez-vous parce que je voudrais vous embaucher. En tant que garde du corps de Delilah, s'entend. Enfin, pas uniquement vous. Nous aurons besoin de toute votre équipe.

— Oh.

Je me lève et me dirige vers la cafetière, surtout

pour lui cacher l'expression de mon visage.
Honnêtement, je me demande bien ce qu'elle y verrait.
La déception pour ce soir ? L'enthousiasme à la
perspective de cette mission ? La surprise qu'elle me
l'ait proposée ? Étant donné qu'elle avait déjà d'autres
candidats en lice...

— Pourquoi ? demandé-je en me tournant vers
elle. Je croyais que le studio avait déjà prévu
quelqu'un ?

— Oui, c'est vrai.

— Et à votre tête, je suppose qu'ils acceptent le
changement uniquement parce que ça les dispense de
payer la facture.

— Nous avons les moyens, monsieur Blackwell. Au
cas où vous vous inquiéteriez pour votre chèque de
paye.

— Je n'en ai jamais douté une seconde. Du café ?

Je m'empare d'une tasse et je la lui tends, mais elle
secoue la tête et je la range dans le placard.

— Larry, dis-je.

Quand je me retourne, il est évident à son
expression que j'ai visé juste.

— C'est à cause de Larry.

Ses épaules se soulèvent et retombent.

— Il vous a formé, dit-elle, comme si c'était une
explication suffisante. Et je ne connais rien du groupe
que le studio a engagé.

— Vous ne connaissez pas grand-chose sur moi non plus.

— Comme vous l'avez dit, j'ai fait mes devoirs. Et hier soir, je vous ai vu en action. Vous avez raison.

— C'est souvent le cas, dis-je sur un ton espiègle. À quel sujet ai-je raison ?

— Quand vous m'avez appelée dans ma chambre d'hôtel hier soir, rappelez-vous. Vous avez dit que je vous faisais confiance.

Elle incline le menton, un défi dans le regard.

— Vous aviez raison, ajoute-t-elle. Je vous fais confiance. Comme Delilah.

J'aime ces mots plus que je ne voudrais l'admettre.

— Et si je vous dis que nous n'avons pas de place dans notre agenda ? Que nous avons un maximum de clients et que nous n'avons pas les moyens d'en accepter de nouveaux ?

Elle se lève et rejoint le plan de travail, s'y appuyant tout en me regardant froidement.

— Est-ce quelque chose que vous pourriez dire ?

Je ne devrais pas, évidemment. D'ailleurs, je ne devrais même pas envisager de refuser cette mission, d'autant plus qu'il y a un quart d'heure à peine, j'étais debout dans cette même salle, à regretter qu'elle ne m'ait pas confié le poste rien que pour la revoir.

Et maintenant, voilà qu'elle m'offre cette carotte. Je devrais sonner le tocsin et annoncer à Kerrie et aux gars que nous avons un nouveau client, leur dire que nous allons pouvoir fêter ça en remboursant certaines de nos dettes et en équilibrant nos comptes.

Je *devrais*, mais alors qu'elle est ici et m'offre cette réalité que j'espérais, je n'arrive pas à me sentir enthousiaste et encore moins à trouver les mots. Parce que j'ai cette femme dans la peau, et la tentation de la mettre dans mon lit est bien trop forte. Bon sang, comment suis-je censé travailler à ses côtés sans la toucher ?

Et si je cède ? Si j'enfreins toutes mes règles et me laisse succomber à cette tentation vivante prénommée Jezebel ?

Soit elle me giflera – auquel cas j'aurai aussi fichu en l'air notre relation professionnelle – soit elle se laissera aller dans mes bras.

Ce sera sans doute formidable sur le moment, mais je crains de ne plus jamais vouloir la laisser repartir si je parviens à l'attirer dans mon lit.

Et c'est le genre de complications dont je n'ai absolument pas besoin dans ma vie.

— Pierce ?

— Oui, pardon, dis-je en inspirant. Désolé, mais nous sommes complets.

Elle oscille des hanches, s'approchant en quelques enjambées. À deux mains, elle m'empoigne le col et se hisse. Ses lèvres effleurent mon oreille lorsqu'elle murmure :

— Menteur.

Ces mots me pourfendent et, instantanément, mon sexe se raidit. Je m'efforce de réprimer l'envie de glisser mes doigts dans ses cheveux, de la maintenir en place et de l'embrasser à en perdre la raison.

Ai-je précisé que je trouvais l'assurance extrêmement sexy chez une femme ?

Et elle s'est bien renseignée... ou alors c'est une joueuse de poker hors pair.

Très honnêtement, une femme capable de bluff, c'est plutôt sexy aussi.

Elle recule de quelques pas, affichant une moue boudeuse.

— Écoutez, je sais que notre premier rendez-vous était un peu décalé. Je vous ai clairement pris pour un con incompétent.

— Si vous essayez de me convaincre d'accepter le boulot, on ne peut pas dire que ce soit réussi.

Elle pince les lèvres.

— Ce que j'essaie de dire, c'est que ma perception a changé.

Je m'avance, les yeux rivés sur les siens.

— Alors, vous ne me prenez plus pour un con incompétent ?

Debout à côté d'une chaise, elle crispe la main sur le dossier. Mais ses yeux ne quittent pas mon visage.

— Vous êtes toujours un con, dit-elle.

Sa voix est plus basse. À peine. Il faut y prêter attention pour s'en rendre compte.

J'y ai prêté attention.

Je fais un pas de plus.

— Mais ?

Elle passe la langue sur ses lèvres. Bon Dieu, ce que j'ai envie de cette bouche.

— Je vous prends toujours pour un con, mais compétent.

— Vous avez bien raison.

Je me trouve juste devant elle, à quelques centimètres. Je peux sentir son parfum, vanille subtile. Je perçois sa chaleur. Je vois son chemisier se soulever et s'abaisser quand sa respiration s'accélère.

C'est ma chance.

Je pourrais passer ma main derrière son cou et l'attirer. Je pourrais presser mes lèvres sur les siennes et la plaquer contre moi. Je pourrais me perdre dans la douceur de son corps et sentir mon sexe durcir contre ses courbes.

Il me serait facile de l'enlacer. De prendre possession de sa bouche, ma langue exigeante et autoritaire alors que nous nous adonnerions à un baiser fougueux et vorace qui nous laisserait aussi pantelants qu'une étreinte torride.

Je pourrais le faire très facilement.

Je pourrais... mais je n'en fais rien.

Au lieu de ça, je fourre les mains dans mes poches. Je me détourne vers la table. Puis je prends une profonde inspiration.

— Pierce ?

— Allons boire un verre.

— Un verre, répète-t-elle d'un ton neutre. Je ne pense pas que ce soit une bonne...

— Il est presque dix-sept heures. Ma journée a été longue. Et nous pourrons parler de l'emploi du temps de Delilah, de vos inquiétudes et des spécifications du poste. Ce genre de choses.

— Alors, c'est une réunion d'affaires.

Il n'y a aucune intonation dans ses mots. On dirait qu'elle essaie délibérément de se dépouiller de toute émotion. Par conséquent, j'ignore si elle est soulagée ou déçue.

— Il y a un bar à quelques rues d'ici. Le Fix, sur la Sixième. Le gérant est un ami, nous obtiendrons facilement une table dans l'arrière-salle, même pendant le festival South By.

Elle garde le silence pendant un moment. De toute évidence, elle réfléchit. Enfin, elle hoche la tête.

— Bon, d'accord. Je vous suis.

Kerrie travaille à son ordinateur, dans le hall de réception, et elle hausse les sourcils lorsque nous entrons.

— On revient dans quelques heures, lui dis-je. Peux-tu préparer un contrat de client standard et le déposer sur mon bureau ? Mademoiselle Stuart pourra le consulter quand nous reviendrons.

— Bien sûr, monsieur.

Sa voix est parfaitement professionnelle, mais je la connais bien et je sais qu'elle meurt d'envie de me poser mille questions.

J'ouvre la porte devant Jez et je m'empresse de la conduire jusqu'aux ascenseurs avant que Kerrie surmonte sa curiosité, enfreigne le protocole et ouvre le feu.

Nous attendons devant les portes lorsque Jez dit :

— Votre réceptionniste a l'air...

— Quoi ?

— Compétente, répond-elle, même s'il est évident que ce n'est pas ce qu'elle voulait dire.

Je la regarde d'un œil intrigué.

— Vraiment ?

Certes, Kerrie est compétente, mais ce n'est pas ce genre d'ondes qu'elle dégageait quand Jezebel est entrée. Au contraire, je dirais que l'émotion du jour correspondait plutôt à de la curiosité patentée.

— Oui, mais j'allais vous dire qu'elle avait l'air curieuse.

Les portes de l'ascenseur coulissent et elle entre avant de me jeter un coup d'œil.

— Est-ce à cause de moi ou de vous ?

— Les deux, j'imagine. Vous, à cause de votre sœur. Et moi, parce que ma sœur a la mauvaise tendance de fourrer son nez dans mes affaires.

— Votre sœur... *oh*. Alors, il s'agit d'une société familiale ?

— Pas comme vous le pensez, dis-je. Kerrie a commencé à travailler pour nous après avoir été déçue par son ancien poste. Pour une sœur, elle n'est pas trop pénible.

— Vous êtes plus âgé qu'elle.

— De dix ans, lui dis-je. Elle a vingt-quatre ans.

Jez acquiesce.

— J'ai neuf ans de plus que Del. Alors, vous voyez...

Elle me sourit, et je suis frappé par le plaisir que me cause son sourire.

— Nous travaillons tous les deux avec nos sœurs cadettes, ajoute-t-elle.

L'ascenseur s'arrête au rez-de-chaussée et je pose ma main sur la porte pour l'inviter à sortir.

— Avec tous ces points communs, dis-je, vous allez bien finir par m'apprécier.

Elle frôle mon bras en passant et répond :

— Je vous apprécie.

Ses douces paroles manquent me faire défaillir. J'ai envie d'elle. Voilà la vérité. Parce qu'il y a quelque chose chez Jezebel Stuart. Quelque chose de spécial. Quelque chose de drôle, de sexy.

Et même un petit quelque chose de malicieux.

Je ne la connais pas bien, mais j'ai déjà vu qu'elle était complexe et loyale, intelligente et engagée.

C'est une femme aux couches multiples, et j'ai envie de la mettre à nu, feuille après feuille.

Pour un homme tel que moi, ces sentiments sont très dangereux.

CHAPITRE SEPT

— PIERCE ?

Ce n'est pas sa voix, mais sa main sur mon coude qui me tire de mes pensées.

À présent, nous sommes à l'extérieur, à l'angle sud-est entre la Sixième et Congress Avenue, devant mon immeuble de bureaux.

— Désolé. Je réfléchissais.

À elle.

— À la sécurité. Au transport. À tout ça.

— Ravie de savoir que vous réagissez au quart de tour. Où allons-nous ?

— À droite, dis-je en tendant le doigt dans cette direction. Nous ne sommes qu'à quelques rues.

La Sixième Rue est à Austin ce que Bourbon Street est à La Nouvelle-Orléans. Mais c'est plus propre et plus élégant, sans clubs de strip-tease. Et sans les noctambules saouls qui vomissent dans la rue. Pendant le festival SXSW, en revanche, les distinctions entre ces deux rues sont minimes et en cette fin d'après-midi, des groupes d'étudiants envahissent déjà les trottoirs.

Le festival n'est pas limité à un seul quartier – en fait, la plupart des événements se déroulent loin de la Sixième Rue, dans des salles et des tentes de spectacle dressées au bord du fleuve. Mais ce n'est pas pour rien qu'Austin se surnomme la capitale mondiale de la musique live, et même en dehors de la période de festival, il y a toujours des concerts. Surtout au centre-ville.

Le Fix est à quelques rues de mon bureau. Malgré la foule, la promenade est facile. Je m'attends à ce que l'établissement soit bondé étant donné qu'une scène est installée dans la salle principale. Évidemment, par la vitre je vois un groupe qui joue et il y a une file d'attente devant la porte. La plupart des poignets arborent le bracelet du festival.

— On devrait peut-être essayer ailleurs, dit-elle en fronçant les sourcils.

— Faites-moi confiance.

Je lui prends la main pour la conduire vers la porte. Elle ne se dégage pas et j'ai l'impression d'être un adolescent.

— Désolé, nous dit l'hôte d'accueil. Il y a la queue. Et vous n'avez pas de bracelet.

— Dites à Tyree que c'est Pierce Blackwell. Nous ne venons pas pour la musique. J'aimerais inviter cette dame dans l'arrière-salle.

Le type est jeune, pâle et maigrichon – soit c'est un vampire, soit il passe trop de temps dans les dortoirs de l'université – et il profite de son petit pouvoir devant la porte du bar. Il prend son temps pour nous toiser du regard avant de sortir un talkie-walkie de la poche de sa veste pour appeler Tyree. Pendant un moment, je me dis que mon ami n'est peut-être pas là, auquel cas je devrai trouver un autre endroit où emmener Jez et où il nous sera possible d'obtenir une place en dépit de la folie du festival.

Mais je le distingue enfin à travers la vitre. Cet homme est un ours, avec une barbe et une boucle d'oreille en or qui lui donnent un petit côté pirate. Aujourd'hui, il porte un t-shirt noir à manches courtes, avec le logo du Fix, et les muscles sous sa peau couleur chocolat noir se contractent lorsqu'il me serre la main.

— Ça fait une semaine que je ne t'ai pas vu, dit-il en nous invitant à l'intérieur, Jez et moi. Où étais-tu passé ?

— J'évite la foule. Mais je me suis dit que Jez aimerait avoir un aperçu de South By. Et elle ne peut pas visiter Austin sans faire un tour au Fix.

Il sourit à belles dents.

— Je comprends. Content de faire votre

connaissance, Jez, dit-il d'une voix suffisamment forte pour se faire entendre par-dessus le groupe de RnB. Je m'appelle Tyree. Appelez-moi Ty. C'est moi qui possède cette gargote.

— Vous plaisantez, dit-elle en jetant un regard circulaire. C'est formidable.

— Il y a un super potentiel, admet-il.

Puis il ajoute en me regardant :

— Les rénovations et les réparations me cassent les pieds. Mais je vais y arriver.

— Ty et moi, nous avons servi ensemble dans l'armée, lui dis-je. Avant qu'il troque son uniforme contre un tablier de barman.

— Et une tonne de dettes, ajoute-t-il. Mais cette semaine, on fait salle comble. Alors, les affaires marchent bien. Vous êtes ici pour la musique ?

Je secoue la tête.

— Pour l'ambiance. Jez et moi, nous devons discuter. Je me suis dit que je pourrais l'inviter dans l'arrière-salle.

— Tu connais le chemin, vieux. Dis au beau gosse derrière que je lui demande de vous traiter pour le mieux.

Il sourit et je sais qu'il parle du nouveau barman, un étudiant de l'université dont le nom m'échappe.

— Il est gentil, dit Jez.

Elle a approché sa bouche de mon oreille. C'est

pour éviter de hurler, mais sa proximité a pour effet de faire battre mon cœur encore plus fort.

— Je l'aime bien, ajoute-t-elle.

— Il ne faut pas le mettre en rogne, c'est tout.

— J'y penserai, répond-elle en riant.

Nous prenons place à la seule table libre et nous commandons deux verres de bourbon avec glaçons.

— Alors, de quoi souhaitez-vous parler ? demande-t-elle une fois que les verres sont arrivés, après avoir bu sa première gorgée. À moins que vous vouliez d'abord me faire tourner la tête ?

— Auriez-vous une mauvaise opinion de moi si c'était le cas ?

Elle n'hésite qu'une seconde avant de secouer la tête.

— Non, dit-elle d'une voix grave et suave qui se propage sur ma peau comme une onde de feu. Mais nous savons tous les deux que c'est une mauvaise idée.

— Vous seriez surprise par le nombre de mauvaises idées qui s'avèrent très, très bonnes en fin de compte.

Son sourire s'estompe et elle se penche sur son verre, effleurant le bord du bout du doigt.

— Jez ?

— Désolée.

Elle lève les yeux en secouant lentement la tête.

— Disons que si nous sommes ici, c'est à cause d'une mauvaise idée qui n'a jamais bien tourné.

Il me faut une seconde pour analyser son commentaire, puis je dis :

— Levyl.

— Connaissez-vous toute l'histoire ? Delilah et lui ?

— Non, jusqu'à hier. Aujourd'hui, je connais ce qu'une recherche élémentaire sur internet a pu m'apprendre au sujet du scandale.

— Le *scandale*, dit-elle en prononçant ce mot sur le ton de l'injure. Une adolescente devrait avoir le droit de commettre quelques erreurs dans sa vie amoureuse, mais quand la sienne a volé en éclats, il a fallu qu'on la retrouve dans tous les journaux people et sur les réseaux sociaux.

— Levyl est du même âge qu'elle, n'est-ce pas ?

Elle approuve.

— Il a un an de plus que Del. Ils ont commencé à sortir ensemble quand elle avait dix-sept ans. Ils ont tourné un film ensemble – c'est le chanteur principal du groupe Next Levyl.

— C'est le boys band qui a remporté cette émission de télé, n'est-ce pas ?

— Tout à fait. Et quand le groupe a percé, pendant quelque temps, on les a vus partout, surtout Levyl et le batteur. Ils ont fait des films, des émissions télévisées, tout ce que vous voulez.

— Ce n'était pas sur mon radar, dis-je. Mais je me

rappelle vaguement avoir entendu parler de lui et du groupe.

— À moins d'être mort, vous avez entendu parler d'eux. Ils étaient très populaires. Ils le sont encore, même si l'effet est retombé dans une forme de frénésie plus modérée. Mais ces deux premières années...

Elle s'attarde en secouant la tête.

— Bref, Del et Levyl se sont rencontrés quand leur succès était à son apogée et le monde s'est entiché de leur couple. C'était la romance du siècle. À vrai dire, c'était de la folie – surtout quand elle a eu dix-huit ans et que le public a commencé à leur mettre la pression pour qu'ils se fiancent.

— La pression ?

— Surtout les fans sur les réseaux sociaux, explique-t-elle. Mais même les animateurs de télé évoquaient la question. C'était complètement insensé. Et je crois que pour Del, c'était trop dur à supporter. Elle adorait Levyl – elle l'adore toujours –, mais quand elle est partie en tournage, pour ce film où elle partage l'affiche avec Garreth Todd...

Je hoche la tête.

— C'est ce que j'ai lu. J'ai eu l'impression qu'il l'avait séduite.

— C'est le cas. Il l'a même admis. Ça n'a pas duré – Garreth l'a larguée. Et pourtant, c'est elle qui s'est fait traîner dans la boue parce qu'elle avait brisé le cœur de Levyl.

Sa voix monte dans les aigus et elle prend une inspiration pour retrouver le contrôle de ses émotions.

— Comme je l'ai dit, elle n'a que dix-huit ans et le monde connaît toute sa vie privée.

— Ce doit être affreux. Je n'apprécie même pas que ma sœur cherche à fouiner dans mes affaires.

Comme je l'espérais, elle sourit.

— Oui, enfin c'est le contexte. Quant à votre rôle dans tout ça, vous...

— Je crois que j'en ai eu un bon aperçu hier soir.

— Les fans en folie ? Oui, ça en fait partie. Mais le reste concerne ma sœur.

Je dois paraître perplexe, car elle poursuit :

— Levyl arrive mardi. Je crois qu'il joue à l'occasion du festival.

— Et vous pensez que Delilah voudra le voir ?

— Oui. Elle souffre. Ces deux-là, c'était explosif. D'ailleurs, moi aussi, c'est ce que je ferais. Si j'avais fait du mal à l'homme que j'aime ? Si je voulais au moins tenter d'expliquer ce qui s'est passé et lui présenter mes excuses ? Oui, ce serait exactement mon intention.

— Ils n'ont pas parlé depuis...

— Uniquement par téléphone. Elle a pleuré pendant deux jours.

— La pauvre. Quel bazar.

Je passe les doigts dans mes cheveux en réfléchissant.

— Nous pouvons la conduire à son concert. La faire entrer en sécurité dans les coulisses.

Elle secoue la tête.

— Non, non c'est impossible. Il y aurait forcément des fuites. En ce moment, ça commence à retomber… hier soir, ce n'était rien en comparaison avec ce qui s'est passé au début. Mais si elle y va, si elle le revoit et que la nouvelle s'ébruite, alors tout va recommencer. Elle sera de nouveau traînée dans la boue par la presse. Harcelée pendant le tournage.

Le visage tendu, elle fait signe à la serveuse pour qu'elle lui apporte un autre verre.

— Écoutez, on ne peut se permettre aucun scandale. Pas le moindre. Nous pouvons contrôler son accès aux fans pour le réduire au maximum, mais si la nouvelle se répand – si ce qui s'est passé hier soir se produit à plus grande échelle –, alors la carrière de ma sœur est fichue.

Je m'adosse à mon siège, stupéfait par une déclaration aussi péremptoire.

— Je suis sérieuse, ajoute-t-elle devant mon air incrédule. Le studio l'a déjà virée d'un autre rôle – elle devait jouer le rôle principal dans le film d'action d'une franchise populaire. Les répercussions auraient été importantes, d'un point de vue financier, mais aussi pour sa place dans l'industrie du cinéma. Mais quand le scandale a éclaté, ils n'ont plus rien voulu entendre. Comme ils étaient liés par contrat, poursuit-elle sans interruption, ils l'ont casée sur ce tournage. C'est un tout petit budget, mais ils attendent quand même la moindre occasion pour la mettre à la porte. Et si le scandale reprend, ils auront une bonne raison de le faire. Je ne suis pas censée le savoir, mais un ami qui travaille à la direction me l'a dit. Les avocats ont bien faire comprendre qu'en cas de remue-ménage, les producteurs pourraient la virer sans enfreindre les conditions du contrat.

— Mais elle est en plein tournage.

Elle secoue la tête.

— Non. Nous venons à peine de commencer. Ils peuvent facilement la renvoyer et engager quelqu'un d'autre à la place.

Je ne sais pas quoi dire, et elle doit bien s'en rendre compte, parce qu'elle reprend :

— Alors, voilà pourquoi j'ai besoin de vous. Ce sont les exigences de base. Vous protégez ma sœur contre les fans, évidemment. Mais surtout, vous la protégez contre elle-même. Et si vous merdez – si vous la perdez et qu'elle vous file entre les pattes pour rejoindre Levyl ou se retrouver dans une émeute de fans –, je vous renverrai si rapidement que vous en aurez la tête qui tourne.

En la regardant, je comprends qu'elle est parfaitement sérieuse.

— Et moi qui croyais que nous allions devenir amis.

— Je respecte la compétence, monsieur Blackwell. D'après ce que j'ai vu jusqu'à présent, il semblerait que votre société fasse l'affaire. J'espère que je ne le regretterai pas mercredi matin.

— Qu'y a-t-il mercredi ?

— La partie du tournage qui se déroule à Austin ne dure qu'une semaine. Ensuite, nous reprenons l'avion jusqu'à Los Angeles. Tout le reste se déroule en plateau d'extérieur ou en studio.

— Je vois.

Nous sommes jeudi et je suis plus déçu que je ne devrais l'être à l'idée qu'elle s'en aille dans moins d'une semaine.

— Voilà en quoi votre mission consistera, dit-elle alors que la serveuse nous apporte notre deuxième tournée. La surveillance d'une jeune star. Avec les angoisses existentielles et les scandales qui vont avec.

— Je suis votre homme.

— Tant mieux, dit-elle en levant son verre. Parce que si vous merdez, je vous garantis que ce ne sera pas joli.

Je tends la main pour trinquer. Dès que son verre entrechoque le mien, je prends une gorgée puis je le pose en la regardant dans les yeux.

— Quoi ? demande-t-elle.

— Vous n'êtes pas aussi dure que vous prétendez l'être, Jezebel Stuart.

Elle plisse le front en baissant les yeux. Je cherchais simplement à plaisanter, mais de toute évidence, j'ai touché la corde sensible.

Quand elle me regarde à nouveau, je découvre une virulence toute nouvelle dans ses yeux.

— Si, dit-elle. Autrefois, ce n'était pas le cas. Je n'en avais absolument pas envie. Mais ce travail, cette vie...

Elle laisse sa phrase en suspens et hausse les épaules.

— Ne gâchez pas tout, d'accord ? ajoute-t-elle

J'ai envie de tendre la main par-dessus la table, de prendre la sienne. J'ai envie de l'attirer dans mes bras et de la serrer en lui disant que, même si je ne comprends pas tous les démons qu'elle a combattus au fil des ans, je lutterai désormais contre tous ceux qui s'approcheront d'elle. J'ai envie de lui dire que je la protégerai, quoi qu'il en coûte.

Mais je sais que cette bouffée d'émotion qui monte en moi concerne cette femme et non la mission, alors je m'efforce de la réfréner. De la contenir. Je me contente de dire :

— Je n'oserais pas.

Elle avale le reste de son verre et pousse un grand soupir.

— Je me doute bien que cette mission n'est pas aussi attirante que ce à quoi vous êtes habitué. Protéger des hommes d'État, ce genre de choses.

— Elle est bien assez attirante, croyez-moi.

Je lui prends son verre des mains pour le porter à mes lèvres.

— Oh, fait-elle en me regardant, ses yeux sur ma bouche alors que je récupère le dernier glaçon.

Je serre sa main dans la mienne. Elle est chaude, à l'exception de ses doigts, froids à l'endroit où elle a touché le verre. Je réprime l'envie d'embrasser ces doigts pour les réchauffer.

Elle se racle la gorge avant de dégager sa main pour la poser sur ses genoux.

— Alors, euh, que faites-vous à part ça ?

— Beaucoup de protection classique, comme vous l'avez dit. Étant donné qu'Austin est la capitale de l'État, vous avez raison, nous protégeons essentiellement des hommes politiques. Et nous travaillons pour de nombreux artistes. Pas de l'envergure des stars d'Hollywood, comme Del, mais nous avons déjà assuré la sécurité d'un groupe lauréat d'un Grammy Award, qui donnait des concerts au Long Center et au Bass Concert Hall.

— Des clients adolescents ?

— Quelques-uns. Une en particulier. J'étais encore

dans mon ancienne société à l'époque, mais j'ai accepté ce boulot spontanément, en indépendant.

— Que s'est-il passé ?

Je prends une grande inspiration en songeant à Lisa.

— Une belle fille. Pleine de vitalité. Très drôle. Et intelligente. Elle suivait des cours à la fac, dis-je en faisant référence à l'Université du Texas, l'institution prestigieuse qui a contribué à façonner la culture d'Austin. Elle avait dix-neuf ans et un harceleur a jeté son dévolu sur elle.

C'est une affaire à laquelle je n'avais pas pensé depuis un moment et je prends une longue gorgée, laissant le bourbon me brûler la gorge tandis que les souvenirs affluent.

— Que s'est-il passé ?

— Il l'a agressée. Elle a eu de la chance et elle a réussi à se sauver, mais il lui a lacéré le visage. De profondes entailles avec une lame crantée. Puis il lui a clairement fait comprendre qu'il avait l'intention de terminer le travail.

— Elle vous a engagé ?

— Oui. Enfin, plutôt son père.

Embaucher, c'est un terme relatif. J'ai rencontré Lisa par le biais de Kerrie, qui avait fait sa connaissance chez Gregory Gym, où elles suivaient ensemble un cours de vélo en salle. Comme ni Lisa ni son père n'avaient de quoi payer les frais de surveillance, j'ai accepté l'affaire gratuitement. En échange, son père a effectué des travaux de menuiserie dans mon appartement.

— Que s'est-il passé ?

— Le harceleur a réessayé.

Je commence à lever mon verre, mais je le repose.

— Il est mort.

— Vous l'avez tué.

Je m'interromps et j'acquiesce en silence. Pour être honnête, sa mort me hante encore. Pas le fait de l'avoir tué – je le referais sans hésiter –, mais ce que j'ai vu dans ses yeux. J'ai vu tout un tas de choses dans l'armée, mais je crois que je n'avais jamais vu le mal à l'état brut avant de voir le visage de cet homme.

Jez me regarde et je sais qu'elle ressent le poids qui alourdit notre conversation. Elle ne dit rien, mais elle me prend la main. Instinctivement, j'ai envie de me dégager, mais au lieu de ça, je m'y raccroche, étonné par l'apaisement que m'offre ce contact.

C'est de courte durée. Je m'écarte doucement.

— Désolé.

— Non, c'est...

— Je ne m'attends pas à tuer qui que ce soit pour cette mission, dis-je en tentant d'apporter une touche de légèreté à la discussion. À moins, bien sûr, que le producteur soit un connard. Dans ce cas, nous négocierons une prime.

Un sourire timide danse sur ses lèvres.

— Très bien.

Elle penche la tête pour me regarder.

— Alors, je suppose que vous comprenez les adolescents. Et il semblerait aussi que vous soyez doué avec les clients difficiles du milieu du spectacle.

— Tout à fait, dis-je, réjoui par son intonation taquine. Mais j'ai le pressentiment que cette mission sera ma préférée.

— À cause de ma sœur ?

Je croise son regard et l'atmosphère pesante est brusquement allégée, remplacée par quelque chose de tout aussi dangereux.

— Non.

Pendant un moment, nous nous regardons sans dire un mot. Ses joues se colorent sensiblement. Enfin, elle vide son verre et se penche sur le petit sac à main de style pochette qu'elle a laissé sur la table. Elle hisse la lanière sur son épaule et m'adresse un sourire hésitant.

— On devrait y aller. Je parie que votre sœur a déjà préparé le contrat.

— Bien sûr.

Je me lève, un peu déçu. Je ne sais pas pourquoi – après tout, ce n'était pas un rencard. Ce n'est pas comme si nous allions quitter l'établissement pour continuer sur la Sixième Rue et faire la tournée des bars en buvant et en dansant, son corps tout contre le mien dans la foule.

Cela n'arrivera pas. Mais tant que nous restions assis tous les deux, je pouvais entretenir ce fantasme. Et j'ai horreur que Jez m'envoie la réalité en pleine face.

Elle a déjà fait trois pas lorsqu'elle se retourne.

— Vous venez ?

C'est à ce moment que je me rends compte qu'elle est troublée, elle aussi. Elle n'a même pas pensé à payer et elle ressemble à un lapin devant un chasseur.

Mais on dirait que ce lapin serait heureux de se faire dévorer.

Au moins, je ne suis pas le seul.

Je laisse un billet de cent dollars sur la table – il se trouve que je connais la serveuse, Mélanie, qui a du mal à payer ses frais de scolarité – et je suis Jez jusqu'à l'entrée de la salle principale.

Le bar s'anime, en même temps que la rue. Et comme dans mon fantasme, la foule nous bouscule l'un contre l'autre. Je lui prends la main, soi-disant pour la conduire jusqu'à la porte, mais en réalité parce que j'ai envie de la toucher. Quand nous atteignons la sortie et débouchons dans l'air frais de la nuit, j'ai le souffle court et de la sueur perle sur ma nuque. Ce n'est pas à cause de l'effort qu'il nous a fallu fournir pour sortir, mais de celui que j'ai dû faire pour réprimer mon envie de rester.

Elle me tient toujours la main et, quand je baisse les yeux sur nos doigts entrelacés, je craque. C'en est fini de moi. Je fais une prière silencieuse et je lève la tête vers son visage. Une telle chaleur se reflète dans ses yeux que je fonds sur place.

— Pierce, dit-elle.

Je l'attire à moi.

— Venez.

Je l'entraîne dans la rue, plus vite que je l'aurais dû étant donné qu'elle porte des talons, mais je ne peux pas attendre. Deux rues plus loin, je la conduis dans la ruelle de service derrière mon bureau et je la plaque contre le mur, la prenant au piège de mes bras.

— Je suis désolé, lui dis-je. Mais il le faut.

Glissant mes doigts dans sa chevelure brune chatoyante, je retiens fermement sa tête pour prendre possession de sa bouche.

C'est peut-être le moment le plus sublime et terrifiant à la fois de toute ma vie. Jez, tendre et chaude entre mes bras, se mêle dans mon esprit à la crainte qu'elle me repousse en me giflant.

Mais elle n'en fait rien. Au contraire, elle entrouvre ses lèvres et s'abandonne au baiser, sa bouche aussi chaude et fougueuse que la mienne. Elle a le goût de l'alcool et du désir, et ma tête tournoie, enivrée par sa capitulation et la sensation de son corps.

Elle pose une main sur ma nuque pour m'attirer contre elle. De l'autre, elle se retient à mon dos afin de garder l'équilibre, cambrée dans mes bras. Ses mains sont les plus puissants des aphrodisiaques. Elles me disent sans un mot qu'elle désire ce moment tout autant que moi, et mon corps entier se contracte en réaction, traversé par l'envie. Un désir sauvage. Une aspiration éperdue.

Je suis dur comme de l'acier et je dois mobiliser toute ma maîtrise pour ne pas glisser les doigts dans la fente de sa jupe et déchirer son vêtement. J'ai envie d'enfoncer les mains entre ses jambes, de passer mes doigts sous la soie chaude et humide de sa culotte. Je veux trouver cette moiteur glissante suscitée par le désir sous ma main. Cette preuve douce et humide de l'ardeur qu'elle éprouve pour moi.

Je m'imagine pencher la tête et savourer sa poitrine. Dans mon fantasme, je la déshabille et je la prends avec force, nos corps brûlants entremêlés sur les draps souples et frais. Mon sexe et mes doigts opéreraient leur magie primitive, la propulsant vers les étoiles, jusqu'à ce qu'elle explose dans mes bras et me supplie de recommencer.

Mais je ne peux pas le faire. Pas vraiment. Alors ce baiser – cet unique baiser enflammé dans une ruelle crasseuse – tient lieu de corps-à-corps débridé dans des draps propres, et j'enfonce ma langue plus profond pour profiter de cet instant au maximum. Elle a le goût de bourbon et de sexe. Nos langues se démènent et nos dents s'entrechoquent. Je redoute que notre échange devienne si bestial et déchaîné que nous en venions au sang.

Mais ça m'est égal. Tout ce que je veux, c'est ce moment. Tout ce que je veux, c'est *elle*.

Elle se liquéfie presque dans mes bras, et moi, je perds les pédales. Mes pensées se réduisent aux besoins basiques et primitifs. C'est tellement puissant que je me contiens à peine.

Mon appartement n'est qu'à quelques rues d'ici. Je pourrais m'avancer dans la rue, prendre un taxi et la ramener chez moi.

Ce serait audacieux. Mais je dois dire que ce baiser dans une ruelle l'est tout autant.

Bien sûr, c'est impossible.

— Jez, dis-je en m'interrompant à regret.

Elle ouvre les paupières et mon sexe trouve le moyen de durcir encore plus quand je découvre le désir brut et animal dans ses yeux enfiévrés.

— On ne peut pas, murmure-t-elle.

Même si ces mots sont aussi tranchants qu'un couteau, ils sont inévitables.

— Je sais.

Elle fronce les sourcils :

— Alors, pourquoi... ?

— Parce que je ne sors pas avec les clientes, dis-je en maudissant par la pensée mon propre règlement rigoureux. Mais je devais te goûter, juste une fois, avant de signer le contrat.

CHAPITRE HUIT

QUICONQUE A DÉJÀ DIT que c'est passionnant d'assister au tournage d'un film est un menteur. C'est excitant pendant les quinze premières minutes, quand on vient juste d'arriver et que l'équipe s'affaire pour mettre en place les lumières, les décors et tout ce qui contribue aux préparatifs.

Et puis, vous vous rendez compte que vous devez passer votre temps à attendre. Assis à patienter en silence. Prise, après prise, après prise.

Je ne doute pas que cela doit avoir son charme quand on fait partie du casting ou de l'équipe de tournage. Mais pour les observateurs ? Honnêtement, c'est d'un ennui mortel.

Et pourtant, je suis là. Non que Delilah coure un danger immédiat – c'est un plateau fermé avec sa propre équipe de sécurité –, mais elle est sous la surveillance de Blackwell-Lyon et c'est mon tour de garde. Je dois comprendre ses habitudes si je veux faire mon travail.

Alors, je reste assis, je regarde et j'apprends. J'ai assisté à trois prises de la scène actuelle de Delilah, et même si je ne connais rien au métier d'acteur, je dois dire que je suis impressionné par son talent. C'est une scène vibrante d'anxiété, et chaque fois qu'elle la répète, mes émotions reçoivent un vrai coup de pied dans les bourses.

Mais c'est à peu près tout, et comme la scène tout entière dure moins de quatre minutes et que je suis assis là depuis près de trois heures, je dirais que le retour sur investissement est plutôt bas.

— Tu fais ça tous les jours ? demandé-je à Jez lorsqu'elle s'approche de ma chaise entre deux prises.

C'est une chaise pliante de style réalisateur, avec une assise et un dossier en toile. Il ne manque que mon nom écrit dessus.

— Fascinant, n'est-ce pas ? dit-elle sèchement.

Une fois de plus, je suis frappé par l'attirance que j'éprouve pour cette femme. Nous sommes sur la même longueur d'onde, tous les deux.

— Aussi palpitant que regarder l'herbe pousser.

— Assister aux scènes d'action, c'est intéressant, me dit-elle. Surtout quand la doublure intervient pour les cascades.

— J'aime mieux ça.

Je suis impatient de vivre ce petit instant de frisson.

— Quand tournent-ils ces scènes-là ?

— Il n'y en a pas.

Elle ébauche un infime sourire.

— C'était dans le film où elle devait jouer, mais dont elle a été évincée. Dans celui-ci, il n'y a que des sentiments et des tourments émotionnels.

Elle me tape sur l'épaule.

— Amuse-toi bien.

— Où vas-tu ?

— Je retourne à l'hôtel. Je capte mal par ici et j'ai un appel vidéo prévu avec l'imprésario de Delilah, puis son publicitaire et son comptable. J'aurai de la chance si je survis à cette journée sans que ma tête explose. Ça va aller ?

J'ai envie de lui dire que j'irais mieux si elle restait. Je l'ai à peine vue depuis que nous sommes arrivés, et même si je suis ici pour le travail, je dois dire qu'elle m'a manqué hier soir.

Quand nous sommes remontés dans mon bureau et que nous avons rempli les papiers, j'avais l'intention de la raccompagner à son hôtel. Mais Jez m'en a dissuadé.

— Del est déjà enfermée dans sa chambre et l'étage est sécurisé, n'est-ce pas ?

— Oui, ai-je avoué.

C'était bien beau, mais la vraie raison, c'était qu'elle avait besoin de temps pour remettre de l'ordre dans ses pensées. J'avais beau regretter la distance entre nous, j'étais forcé d'admettre que c'était sans doute pour le mieux.

— Très bien, dis-je. Del et moi, nous te retrouverons à l'hôtel après le tournage.

Elle sort. Comme l'équipe et les acteurs ne ménagent pas leurs efforts, j'enchaîne avec neuf longues heures de platitudes abrutissantes.

Heureusement, je n'ai qu'une heure à attendre avant que Delilah arrive et se laisse tomber par terre à côté de ma chaise.

— Je suis vannée, déclare-t-elle. Mais j'ai quarante-cinq minutes de pause avant de recommencer.

Elle me tend un sandwich sous emballage.

— Tu le veux ? L'autorité suprême me cantonne à la salade.

D'après le ton de sa voix, on pourrait croire qu'on la force à manger du pain dur.

Elle porte un jean près du corps et un t-shirt sur lequel on peut lire *Austin Me Fascine*. Ses cheveux humides sont ramenés en queue de cheval et elle n'est pas maquillée. J'en déduis qu'elle a pris une douche dans sa caravane avant de me rejoindre. Une autre session de coiffure et de maquillage l'attend sans doute après le déjeuner.

Elle pourrait être une étudiante de première année à l'Université du Texas et elle est tout aussi décontractée que n'importe quelle fille à Austin. Elle croise les jambes et ouvre le couvercle de sa salade.

— J'ai une faim de loup. Ce soir, quand nous retournerons à l'hôtel, je mangerai pour de vrai.

Elle me regarde.

— Et toi ? Tu resteras pour le service d'étage ? Je crois que nous commanderons toutes les fritures du menu. Et quand je dis toutes, je veux bien dire *toutes*.

— Pas de salade ou de quinoa pour toi ce soir ?

Elle fronce le nez.

— Ne me dénonce pas, d'accord ? Mon coach sportif va déjà me passer un savon quand on retournera à Los Angeles. Mais ici, je veux pouvoir manger quand j'en ai envie. Et puis, je suis toujours habillée dans ce film. Aucune scène d'amour. Aucune douche. Aucun gros plan au ralenti pendant que je cours en bikini sur une plage. Honnêtement, ça fait du bien de jouer la comédie et rien d'autre, tu sais ?

— Pas vraiment, mais je te crois sur parole.

Del sourit. En cet instant précis, je remarque tout son potentiel de star. Son sourire est éclatant, photogénique, il illumine le plateau.

— Elle te plaît, n'est-ce pas ?

— Qui ? demandé-je, même si je sais pertinemment ce dont elle me parle.

Comme le chien de Pavlov, j'ai senti mon pouls s'accélérer à l'évocation de Jez.

— Ma sœur. Ce n'est pas vraiment une peste, tu sais.

— Oh si, une vraie peste, dis-je.

Del éclate de rire.

— Bon, d'accord. Peut-être un peu. Mais tu l'aimes bien quand même.

J'avoue :

— Oui, je l'aime bien.

— Tant mieux, répond-elle, satisfaite. Mais tu sais, Jez a ses raisons.

— Je ne pense pas que Jez soit une peste, dis-je en omettant de préciser qu'une fois ou deux, son comportement s'en est pourtant fortement rapproché. Mais quelles sont les raisons ?

— Ce fichu livre, bien sûr.

Je me renfrogne.

— Quel fichu livre ?

— Ce livre de révélations que mon ancien garde du corps a écrit.

— Larry ?

Ce n'est pas possible.

— Oh, non. Le type qui lui a succédé. Simpson. Ce connard. Il a intitulé son bouquin *Les Stuart de Beverly Hills*. C'était un vrai torchon – le genre de trucs qu'on a publié en quatrième vitesse pour profiter du mélodrame entre Levyl, Garreth et moi –, mais il disait aussi des horreurs sur Jezebel.

Elle hausse une épaule.

— Ils sont devenus assez proches, si tu vois ce que je veux dire. Alors maintenant, elle se méfie. C'est pour ça que nous avons enchaîné les gardes du corps intérimaires depuis qu'elle l'a renvoyé. Mais ce n'est pas génial de ne jamais connaître les types qui nous surveillent, tu sais ?

Ses paroles fusent à un débit rapide et je me demande si c'est parce qu'elle a l'habitude de suivre un script en tant qu'actrice et qu'elle profite de cette parenthèse de liberté.

— En tout cas, poursuit-elle avant que je puisse placer un mot, on a parfois l'impression que c'est une peste, mais c'est uniquement parce qu'elle nous protège.

J'agrippe si fort les accoudoirs en bois de la chaise que j'y laisse presque des marques. Je jure que si ce connard de Simpson était sur le plateau en ce moment, ce serait un homme mort.

— Bref, dit-elle en se levant avant d'épousseter son jean. Je me suis dit qu'il valait mieux que tu le saches. Au cas où elle te paraîtrait, je ne sais pas, un peu distante.

— Je travaille pour elle, Del. Il ne se passe rien.

— C'est ça, répond-elle.

Je remets en cause ses talents d'actrice, pour le coup, parce qu'elle n'est franchement pas convaincante.

Dès qu'elle disparaît dans la caravane pour se faire maquiller avant la prochaine scène, je sors mon téléphone, j'ouvre mon navigateur web, je trouve un exemplaire numérique du livre et je me lance dans la lecture.

Aussitôt, mon sang bouillonne. Il parle de la mort de leurs parents, quand Jez est devenue chef de famille et manager de la carrière de Del, déjà sur les rails car elle a commencé dès l'âge de six ans. Il donne des détails sur l'actrice, sa rencontre avec Levyl et leurs rapports avec les fans. Il relate les disputes entre les deux sœurs. Il révèle leurs conversations, leurs habitudes, les détails de leurs vies.

Il n'y a rien de scabreux, mais c'est une véritable intrusion. Il raconte au monde entier des choses que seul un proche devrait savoir.

En d'autres termes, il a trahi leur confiance.

L'enfoiré.

Je termine le livre une heure avant que Del finisse sa journée de travail. Tant mieux, parce que cela me laisse le temps de me calmer avant que nous montions dans la Range Rover pour rentrer au Starfire.

— J'ai commandé de quoi manger, annonce Jez lorsque nous arrivons dans la suite.

Elle désigne le repas, sur la table de la salle de séjour, et Del pousse un cri en tapant dans ses mains.

— Ça, c'est pour moi, dit-elle en s'emparant de la corbeille de frites. Je vais aller me gaver dans ma chambre devant de mauvaises émissions de télé-réalité.

Elle me lance un sourire espiègle et je ne peux m'empêcher de penser qu'elle fait exprès de nous laisser seuls. Et pas pour nous permettre de parler affaires.

— Salut, dis-je après le départ de Del. Comment s'est passée ta journée ?

Jez presse les doigts sur ses tempes.

— C'était de la folie.

— Une mauvaise folie ?

— Non, dit-elle, une folie très frénétique.

Elle jette un œil vers la table.

— Comme on va parler boulot, doit-on considérer que tu es encore en service ?

— Si tu demandes si je peux boire un peu de vin, je crois que c'est possible.

— Tant mieux. Parce que je n'ai pas envie de boire seule et j'ai besoin d'un verre.

Elle me passe la bouteille et un tire-bouchon.

— Je n'ai pas pensé à le demander au serveur. Tu veux bien me faire cet honneur ?

Je m'empare de la bouteille et je retire le bouchon avant de nous servir un verre à chacun.

— Cayden m'a envoyé un texto quand nous partions. Il a passé en revue les mesures de sécurité avec le personnel, et les deux autres clients de cet étage sont partis ce matin. Blackwell-Lyon a réservé les chambres jusqu'à jeudi.

Ce qui signifie que personne à l'exception de notre équipe et du personnel de l'établissement ne pourra accéder à cet étage. Du point de vue de la sécurité, c'est une bonne nouvelle.

— Vraiment ? Vous surpassez nos attentes.

— Pour vous protéger, rien n'est excessif. Et Cayden est un excellent négociateur. Vous n'aurez pas de frais supplémentaires pour ces chambres sur votre facture – ni de notre part ni de celle de l'hôtel.

— S'il fallait payer ces chambres pour éviter à Del le genre d'ennuis que tu as vus la dernière fois, ça ne me dérangerait pas.

— Je sais.

Je m'assieds sur le sofa et j'indique le coussin à côté de moi.

— Tu as prouvé à maintes reprises tout ce que tu es prête à sacrifier pour ta sœur.

— Oui, dit-elle en prenant place à côté de moi sans hésitation.

Elle porte un t-shirt blanc à col V et une jupe grise au tissu élastique. Elle est pieds nus et j'ai le sentiment que c'est l'uniforme typique de Jezebel quand elle travaille chez elle. Toujours professionnelle, mais pas aussi guindée que le pantalon de tailleur qu'elle portait sur le plateau ce matin.

— Même si je ne considère pas cela comme des sacrifices, reprend-elle. Disons que c'est...

Elle se tait abruptement et se tourne vers moi, les sourcils froncés.

— J'ai *prouvé à maintes reprises...* C'est ce que tu as dit.

— Oui.

Pendant un moment, elle garde le silence, la mine sombre comme si elle essayait de résoudre un problème de mathématique ardu. Enfin, tout s'éclaire et elle s'exclame :

— *Putain.*

Sa voix est si basse que je l'entends à peine. Elle pose son verre sur la table, puis elle se lève et se tourne vers moi.

— Tu as lu le livre.

Ces mots sont une accusation et elle ne précise pas de *quel* livre elle parle. Évidemment, ce serait inutile.

— Del n'aurait pas dû te parler de ça, dit-elle sans attendre que je lui réponde.

— Je l'ai lu aujourd'hui. Et je crois que Del essayait simplement d'aider.

— D'aider ? fait-elle en haussant les sourcils. D'aider comment ?

— De m'aider, dis-je pour préciser. Elle s'est rendu compte que j'avais envie de mieux te connaître.

— Super. Ça, c'est super. Parce que ce livre est le meilleur moyen, c'est sûr. Putain, répète-t-elle.

Cette fois, je l'entends très distinctement.

— C'était un abruti, lui dis-je.

À présent, elle me tourne le dos. Je la prends doucement par le coude et je la ramène en face de moi.

— Simpson est un abruti qui a trahi ta confiance.

— C'est la pure vérité.

Elle glisse les doigts dans ses cheveux et les soulève avant de les laisser retomber en vagues souples autour de son visage. Je sais que c'est un geste de frustration, mais ça lui donne un côté terriblement sexy et je dois me retenir pour ne pas l'attirer contre moi.

— Tu as envie d'en parler ?

Elle hausse les épaules et s'approche de la table pour piocher un morceau de chips tortillas dans un bol en céramique. Elle le trempe dans la sauce et en grignote un bout. Je suppose que c'est sa façon de dire non. Je suis donc étonné quand elle emporte les chips et la sauce vers le canapé et les dépose sur la table basse. Elle se rassied, repliant une jambe sous ses fesses, et elle se tourne vers moi.

— J'avais baissé ma garde, me dit-elle. J'avais tellement l'habitude d'accorder ma confiance que je n'ai pas pensé à me protéger.

— Larry… dis-je.

Elle hoche la tête.

— Il était comme un père pour moi. C'était facile, tu sais ? Puis il a pris sa retraite et il a emménagé à Orange County, et moi j'ai engagé Simpson. Il faut croire que j'étais prompte à faire confiance.

Elle passe la langue sur ses lèvres et boit une gorgée de vin.

— Je l'ai laissé se rapprocher, un peu trop.

J'acquiesce. Je m'en doutais.

— Alors, quand le livre est sorti…

Sa voix se brise et je lui prends la main. Je ne sais pas si c'est judicieux, mais en cet instant, j'ai besoin de la toucher. Pas uniquement pour elle, pour moi aussi.

— J'aurais voulu pleurer sur l'épaule de Larry, mais l'accident… il était déjà mort. Et…

Elle s'interrompt pour prendre le temps de se ressaisir, de retrouver l'usage de la parole.

— Je me suis dit : au moins, il n'est pas témoin de mon humiliation.

— Jez…

— Je me suis plainte auprès de lui. Je parle de Simpson.

Elle part d'un éclat de rire éraillé.

— C'est une belle façon de le dire, pas vrai ? En réalité, j'ai perdu les pédales. Je me suis fâchée, j'ai hurlé et je crois même que je lui ai jeté un livre à la figure.

Elle ferme les yeux et prend une inspiration. Je lui serre la main. Quand elle me la serre en retour, c'est avec un regard plein de reconnaissance.

— Il a eu le culot de déclarer que tout ce qui était dans le livre était vrai, que je ne pouvais absolument rien faire. Et puis…

Le souffle court, elle termine :

— Et puis il m'a dit que j'avais de la chance qu'il n'ait pas écrit à quel point j'étais minable au lit.

Elle émet un son proche du cri étouffé et elle se lève d'un bond, une main sur la bouche. Je me lève derrière elle et pose mes mains sur ses épaules.

— Si je le rencontre un jour, je te jure que je l'étale. Il ne mérite pas de respirer le même air que toi.

Ses épaules commencent à trembler et je la retourne doucement pour lui permettre d'enfouir son visage contre mon torse et pleurer dans mes bras.

— Je suis désolée, dit-elle au bout d'un moment en reculant. Oh, mon Dieu, j'ai trempé ta chemise.

— Ça séchera.

Elle m'adresse un sourire larmoyant.

— Tu es… inattendu, me dit-elle.

— Ah bon ?

Je retourne ces mots dans ma tête et je demande :

— C'est positif ou négatif ?

— Positif.

Elle passe un doigt sous ses yeux afin de sécher ses larmes. Puis elle hoche la tête, comme pour regagner son assurance.

— Oui, c'est positif. Même si je me demande bien pourquoi je te raconte tout ça.

— Parce que je l'ai évoqué, peut-être. Parce que tu as besoin de parler à quelqu'un. Parce que les coups bas de Simpson faisaient partie du prix à payer pour la célébrité, tout comme ces problèmes que nous avons rencontrés au Crown l'autre soir.

— C'est vrai, dit-elle. Mais c'est tellement injuste.

Je lui prends la main et je la ramène vers le canapé.

— Tends les jambes.

Quand elle le fait, je pose ses pieds sur mes genoux. Les ongles de ses orteils sont rose clair. On dirait qu'elle sort à peine de sa dernière pédicure. Quand je passe mon pouce sous sa voûte plantaire, elle rejette la tête en arrière et gémit.

J'ai envie d'entendre à nouveau ce gémissement – et pas pour un massage des pieds.

— Pourquoi est-ce injuste ? demandé-je. Enfin, c'est évident, mais quoi d'autre ?

— Rien. Je ne devrais même pas... Eh ! s'exclame-t-elle quand je retire mes mains de ses pieds.

— La vérité, dis-je. Sinon plus de massages.

Elle fronce les sourcils, mais elle accepte et penche la tête en arrière, les paupières closes.

— Tu as lu le livre, alors tu sais ce qui s'est passé. Nos parents sont morts dans un accident et au lieu de commencer mes études, j'ai endossé le rôle de manager de Del. Je ne faisais confiance à personne et ma mère l'avait fait pendant des années, alors je connaissais les ficelles du métier. C'est ce que Maman aurait voulu. Et puis, j'aime ma sœur. Vraiment.

— Mais ?

— Mais je n'ai jamais eu l'occasion de découvrir ce que je voulais faire. Tout ce que je sais, c'est que je n'aime pas cette vie. Je n'aime pas vivre à Los Angeles. Je n'aime pas être dans la lumière.

Elle ouvre les yeux et hausse les épaules.

— Alors, voilà. C'est mon petit secret.

— Pourquoi tu n'arrêterais pas ?

— Je le ferai, mais quand Del sera prête. Sur de nombreux plans, elle est mature, mais elle est aussi incroyablement couvée. Si je la quittais maintenant, ce serait le désastre garanti.

— Elle pourrait te surprendre.

— Peut-être. Mais ce n'est pas un risque que je souhaite prendre. Elle est trop importante à mes yeux.

— Alors, tu as un plan, dis-je en abandonnant ses pieds pour lui masser les mollets.

— C'est merveilleux. Je t'engage sans hésiter. Oui,

j'ai un plan. En attendant, je vais prendre sur moi et vivre avec ces mélodrames.

— Tu peux y arriver.

Je prête à peine attention à mes mots. Au lieu de ça, je m'abandonne aux sensations de mes mains. La douceur de sa peau. La chaleur de son corps.

— C'est de la folie, poursuit-elle, parce que Del adore cette vie tout autant que je la déteste. Elle s'épanouit. Même le scandale ne la dérange pas. Elle a envie d'être actrice, c'est tout.

— Et toi ? Qu'est-ce que tu veux ?

Elle se redresse, ramène ses jambes à elle et les replie sous son corps, comme si ma question la mettait mal à l'aise.

— Honnêtement, je ne sais pas.

Sa voix est basse, à peine un murmure. Mais j'entends la vérité dans ses paroles et j'ai envie de l'attirer dans mes bras et de la serrer contre moi.

— Tu ne sais pas ? Pas même un peu ? dis-je pour la taquiner. Du chocolat noir à la fleur de sel ? D'autres chips tortillas ? La paix dans le monde ?

— Franchement, pour le moment, j'ai juste envie de...

— De quoi ?

Elle soupire.

— J'ai envie de prendre une douche et de me blottir au lit. La journée a été longue.

Ses mots me déchiquettent. Je ne me rendais pas compte à quel point j'avais envie de rester jusqu'à ce qu'elle m'en enlève la possibilité.

— Bien sûr, dis-je. Bien sûr.

Je me lève.

— Je vais te laisser te reposer. Demain soir, il y a tournage, n'est-ce pas ? Je t'appellerai le matin et nous discuterons horaires et logistique. En attendant, ajouté-je en me dirigeant vers la porte, tu connais le protocole. Ne quittez pas cet étage sans passer me chercher. Je serai dans la chambre au bout du couloir.

— Pierce ?

J'hésite, la main sur la poignée.

— Oui ?

— J'ai menti.

Je me retourne. Quelque chose dans le ton de sa voix embrase mes sens et me tiraille l'entrejambe.

— Ah bon ?

Elle se lève et fait un pas vers moi.

— Je n'ai pas envie de dormir.

Je l'imite en m'avançant à mon tour.

— Vraiment ? Alors, que veux-tu faire ?

Je perçois le frémissement dans son souffle. Puis je la regarde approcher. Un pas, un autre, jusqu'à ce qu'elle ne soit plus qu'à quelques centimètres de moi. Elle croise mon regard. Le sien ne flanche pas.

— J'ai envie que tu m'embrasses, déclare-t-elle.

Ses paroles allument un feu en moi et je dois mettre les mains dans mes poches pour me retenir de l'attirer dans mes bras. Ça me tue de savoir qu'il le faut.

— Je te l'ai dit. Je ne couche pas avec les clientes. Et toi, tu ne couches avec aucun de tes employés, tu as oublié ?

— Ce n'est pas ce que je demande.

Elle se rapproche et je sens son parfum de vanille. C'est de mauvais augure, car maintenant, j'ai envie de la dévorer.

— Je veux juste un baiser, précise-t-elle.

— Jez...

— Là, dit-elle en posant l'index au coin de sa bouche. Rien qu'un petit baiser.

Ses yeux ne quittent pas les miens et je jurerais qu'elle a des superpouvoirs, parce que je n'ai plus aucune volonté. La seule chose dont je suis capable, c'est de me pencher, effleurant la commissure de ses lèvres sous les miennes.

— Ça te va ? demandé-je.

— Oui, répond-elle, même si elle fait non de la tête.

Ses yeux me disent qu'elle a envie de plus.

Je recule. Mon cœur bat la chamade quand je la regarde. Ses lèvres entrouvertes. Ses paupières lourdes. Ses cheveux ébouriffés.

Sa poitrine se lève et retombe à chaque souffle. Je suis convaincu qu'elle est tout aussi excitée que moi.

Elle déglutit, je vois sa gorge bouger. Je réprime l'envie de me pencher pour poser un baiser sur ce creux léger à la base de son cou.

Je laisse mon regard s'aventurer plus bas, enveloppant la courbe de sa poitrine et ses tétons, durs sous le tissu fin de son soutien-gorge et de son t-shirt. L'ourlet autour de sa taille n'est pas rentré et je sais que si je tendais la main, je pourrais l'appuyer sur son ventre et sentir ses muscles trembler lorsqu'elle prendrait une inspiration.

Et si je descendais encore...

Je ne peux m'empêcher de me demander ce qu'elle porte sous cette jupe. Un string, j'imagine, ou rien du tout, car le tissu épouse à la perfection la forme de ses hanches et ses jambes. Si je glisse la main entre ses cuisses, sera-t-elle déjà moite ?

Cette seule pensée me fait bander.

Je devrais m'éloigner, j'en suis bien conscient. Mais après tout, je n'ai jamais été du genre à suivre les règles. Et parfois, faire le bon choix, c'est clairement surcoté.

— Jez, murmuré-je.

Je ne lui laisse pas le temps de répondre. Parce que je ne veux pas prendre le risque qu'elle me dise non. Alors je me penche et je prends possession de sa bouche, la serrant contre mon corps. Elle a le goût du vin et du péché, et j'ai envie de m'enivrer à cette source. De perdre la tête à son contact. À son goût.

— Des baisers, dis-je à mi-voix, les doigts sous son menton tandis que je la regarde droit dans les yeux. C'est ce que tu veux ? Comme ça ? demandé-je en frôlant ses lèvres. Ou comme ça ?

Cette fois, c'est une exigence et je dépose une ligne de baisers le long de son cou jusqu'au creux discret entre ses clavicules.

Elle tremble sous ma caresse et le bruit qu'elle émet est un « oui », prononcé dans un souffle.

— Jez, dis-je à nouveau.

Son prénom est étouffé lorsque je pose ma bouche sur son sein, par-dessus son t-shirt et son soutien-gorge.

Elle se cambre, appuyant ses épaules sur le mur derrière elle. À présent, l'angle de son corps me donne un meilleur accès. C'est sa peau que j'ai envie de goûter, et mes mains remontent, emportant le t-shirt avec elles jusqu'à exposer son soutien-gorge en coton blanc.

Comme il ne présente aucune doublure, ses tétons forment des pointes nettes sous le tissu. Je referme la bouche sur l'un de ses seins, que je suce avant de pincer son téton entre mes dents. Elle lâche un petit cri, puis elle gémit lorsque je la libère en reculant.

Mais elle ne s'en tirera pas à si bon compte. Au contraire, je me lance déjà à la conquête de sa peau. Je prends la bordure de son soutien-gorge entre mes dents pour dégager son sein.

Elle tressaille et glisse les doigts dans mes cheveux en m'attirant à elle. Ma bouche se presse précisément là où elle le désire. Ma langue joue avec son téton et, bientôt, elle se met à trembler. Il est absolument hors de question que je la laisse filer sans avoir goûté son sexe délicieux.

Elle gémit lorsque je m'écarte pour souffler un filet d'air sur son sein à présent humide.

— S'il te plaît, supplie-t-elle alors que mes baisers suivent la ligne de son soutien-gorge. Pierce, s'il te plaît.

— Chut...

Je détache ma bouche de sa peau assez longtemps pour lui donner un ordre :

— Plus un mot.

Mes mains descendent vers la ceinture de sa jupe. Elle n'a pas de boutons, mais je ne la baisse pas sur ses hanches. Au lieu de ça, je retrousse le tissu – de plus en plus haut jusqu'à ce que la jupe ne cache presque plus rien de ses jambes. Je pose la main à l'intérieur de sa cuisse et je remonte lentement.

Elle tremble. Ses petits gémissements me rendent fou. Je suis rigide jusqu'à la douleur. Mais pour l'instant, je veux juste la toucher. Je veux la sentir, chaude et glissante sous mes doigts. Je touche au but.

Et surtout, j'ai envie de la goûter. De faire glisser

ma langue sur son clitoris. De la sucer, de l'embrasser et de la provoquer jusqu'à ce qu'elle se délite contre ma bouche.

Rien qu'un baiser, comme convenu.

Mais c'est le baiser le plus intime de tous.

Lentement, mes doigts remontent. Elle porte un string minuscule et je le tire avec impatience, révélant sa chaleur humide. En même temps, mes baisers redoublent d'ardeur, de plus en plus bas. Je passe sur sa jupe et bientôt, il ne reste que sa peau, il ne reste qu'*elle*. Elle est épilée, lisse et magnifique.

— S'il te plaît, supplie-t-elle lorsque ma bouche se pose sur elle, que ma langue trouve son clitoris, que mes doigts s'enfoncent en suivant le rythme de mes baisers intimes.

Ma langue la savoure, mes lèvres la tourmentent.

Ses hanches commencent à bouger au-dessus de ma bouche. Dans mes cheveux, ses mains me guident. Et je deviens encore plus dur en entendant ses gémissements bruts et passionnés. À présent, tout ce que je veux, c'est la faire jouir. La faire exploser.

Je serai l'homme qui la fera basculer.

— Oui ! crie-t-elle enfin.

Tout son corps est saisi de tremblements et son sexe se contracte autour de mes doigts. Je suis déjà à genoux, mais ses jambes se dérobent et elle se laisse tomber au sol, m'entraînant avec elle.

Mes mains sont partout. Je la touche, je la caresse, j'écoute les bruits qui montent de sa gorge, ses murmures de désir.

— Je n'en aurai jamais assez, lui dis-je.

C'est la vérité. Maintenant que je l'ai goûtée, j'ai envie de la posséder. D'abord avec force, fougue et férocité, puis avec tendresse. Tout doucement. J'ai envie de la voir exploser en un million d'éclats et je veux être au plus profond de son corps, la sentir autour de ma queue quand je jouirai en elle.

— Tant mieux, dit-elle. Parce que moi aussi, j'ai envie de continuer.

Son visage est enfoui contre mon torse, mais elle se redresse. Sa tête et sa poitrine se soulèvent quand elle croise mon regard.

— Je veux aller beaucoup plus loin, avoue-t-elle.

Elle déboutonne ma chemise et effleure mon sternum par un baiser. Elle descend encore plus jusqu'à ce que mon sexe, déjà raide contre mon jean, tende vers la douleur. Sa main me palpe à travers mon pantalon et je me cambre en m'efforçant de maîtriser ma respiration. Lorsque ses doigts déboutonnent ma braguette, c'est un foutu miracle que je ne jouisse pas tout de suite.

Elle change de position et je sais qu'elle s'apprête à sortir mon sexe pour le prendre dans sa petite bouche brûlante. J'entrevois le paradis. Mais ça ne suffit pas. Putain, j'en veux toujours plus.

Je prends son visage entre mes mains. L'incertitude se glisse dans ses yeux quand je lui dis :

— Non, autre chose.

Elle s'humecte les lèvres, manifestement très tentée.

— Nous avons des règles, tous les deux.

— Je crois que nous avons tellement détourné les règles que maintenant, elles sont plus entortillées que des nœuds marins.

Elle mordille sa lèvre inférieure et je ris tout bas.

— Une femme d'intégrité, dis-je. C'est tout à ton honneur.

— Pierce ?

— Hmm ?

— Tu es viré.

CHAPITRE NEUF

TU ES VIRÉ.

Je ne crois pas avoir déjà entendu des paroles aussi magiques.

Le genre de paroles qui me libère. Qui ouvre toutes sortes de possibilités intimes aussi merveilleuses que décadentes.

Le genre de paroles qui fait bouillir mon sang et durcir mon sexe.

Le son de sa voix s'est à peine estompé que je plaque ses bras au-dessus de sa tête, croisant ses poignets. Mes mains la maintiennent en place. Son t-shirt est toujours soulevé, son soutien-gorge de travers. Sa jupe est autour de sa taille et sa culotte lui entoure la cheville.

Elle est échevelée, prête et somptueuse.

— Maintenant, je suis libre, dis-je. Imagine les possibilités.

— Je veux faire plus que les imaginer. Je veux être tellement endolorie demain que j'aurai du mal à marcher. Je veux...

— Quoi ?

— Je veux cette soirée. Je t'embaucherai à nouveau demain matin, mais Pierce, là, maintenant, je veux te sentir en moi.

Je suis encore habillé, mais je m'en fiche, et d'après sa façon de me supplier, elle aussi.

— Maintenant, exige-t-elle. Pierce, s'il te plaît. Maintenant.

Je lui lâche les poignets afin de déboutonner ma braguette et ce n'est qu'à ce moment que je prends conscience que je n'ai pas de préservatif. C'est ironique, car en temps normal, j'en utilise *toujours*.

— Moi non plus, admet-elle quand je lui en fais part. Mais je ne suis pas malade et je prends la pilule.

— J'ai fait un test. Il n'y a aucun danger. Tu me fais confiance ?

Je la regarde dans les yeux lorsqu'elle me répond. Son « oui » sincère, prononcé du bout des lèvres, est le son le plus érotique que j'aie jamais entendu.

— Tant mieux, dis-je, parce que je ne peux pas attendre.

— Moi non plus.

Elle tend la main vers moi pour m'attirer sur elle et prendre ma bouche avec ce genre d'intensité qui donne à un baiser des allures de baise.

— Bébé, lui dis-je. Je ne pense pas être capable d'y aller doucement.

— C'est parfait, déclare-t-elle. Je te défends d'y aller doucement.

Je pensais ce que j'ai dit. Je ne pourrais pas y aller doucement même si je le voulais. Je l'ai désirée dès l'instant où je l'ai vue au Thym, et maintenant qu'elle est à moitié nue sous mon corps, je ne peux pas me retenir. En tout cas, pas la première fois.

Je glisse ma main entre ses jambes tout en la caressant. Je l'ouvre à moi.

Elle se cambre pour accueillir mes mouvements, le corps souple, chaud et prêt.

Elle est humide et belle. Je m'avance sur elle, effleurant son sexe avec mon gland pour nous rendre encore plus fous de désir.

Mais Jez ne perd pas de temps. Elle baisse la main et la referme autour de ma queue pour la guider entre ses jambes.

— Maintenant, exige-t-elle. Putain, Pierce, je veux te sentir en moi.

Ses mots sont si fervents et éperdus que je ne peux plus me retenir. Je ne peux même pas faire preuve de douceur. Je la pénètre. Une fois, puis deux. Chaque fois un peu plus loin, jusqu'à m'ancrer si profondément en elle que j'ai l'impression de m'y perdre.

Je vais et viens, mon poids soutenu par mes mains sur le sol. Elle décolle les hanches pour venir à ma rencontre. Et ses yeux... ses yeux ne quittent pas les miens.

Je suis proche, si proche, et pourtant je ne suis pas encore prêt à me laisser aller.

— Dessus, lui dis-je dans un souffle. Monte sur moi.

Mes mains sur sa taille, je nous fais basculer. Cette femme sur mon sexe m'offre une vision si voluptueuse que je ne suis pas certain de durer encore très longtemps.

— Déshabille-toi ! ordonné-je en posant les yeux sur ses vêtements.

Je glisse mes doigts entre nos corps pour jouer avec son clitoris.

— C'est bien, dis-je tandis que son sexe se contracte autour du mien, emporté par son explosion imminente.

Elle se débarrasse de son t-shirt et de son soutien-gorge, et tire sa jupe par-dessus sa tête. À présent, elle est entièrement nue et je suis complètement habillé, à l'exception de ma braguette ouverte. C'est tellement érotique. Je ne tiendrai plus très longtemps.

— Allez, dis-je avec insistance. Jouis en même temps que moi.

— Oui, s'écrie-t-elle sous mes caresses. Oh, mon Dieu, oui, n'arrête pas.

Loin de moi cette pensée. Je joue avec son sexe alors qu'elle me chevauche. Quand elle m'annonce qu'elle va jouir en se contractant autour de moi, je me décharge en elle. L'orgasme me submerge avec la force d'un tsunami.

Une fois que je suis vidé, elle s'effondre sur moi, sa poitrine contre ma chemise, ses lèvres effleurant mon col.

Je lui prends le menton et je guide sa bouche vers la mienne avant de l'embrasser longuement.

— Bébé, dis-je lorsque nous reprenons notre respiration. Tu as un goût de paradis.

— C'est drôle. Je pensais que c'était toi.

Je ricane avant de me dégager.

— Viens par-là, dis-je en la soulevant dans mes bras.

Elle se pelotonne contre moi, nue et souple, et je l'emmène dans la chambre. Ce n'est qu'à ce moment que je me rends compte de la chance que nous avons eue que Del n'ait pas décidé de quitter sa chambre pour venir chercher de quoi grignoter.

J'allonge Jez dans son lit, puis je me déshabille et je me glisse à côté d'elle. Elle m'a lessivé, mais contrairement à mes rencontres habituelles, je n'ai aucune envie de partir. Au contraire, je veux rester. Je veux me blottir comme une cuillère derrière elle. Voilà qui en dit long sur mes sentiments pour cette femme. Parce que je ne suis pas du style à vouloir me blottir.

Pourtant avec Jezebel, c'est différent.

Elle est chaude et quand ses fesses rejoignent mon entrejambe, même si je suis vidé et épuisé, je la désire à nouveau.

Mais je peux attendre. C'est tellement agréable de l'étreindre simplement.

Je sais que je devrais partir. Je devrais me lever et aller dans ma propre chambre. Me préparer une tasse de café. Faire quelque chose.

Pourtant, je ne peux m'y résoudre, et plus je resterai ainsi, plus je risquerai de sombrer dans le sommeil.

— Pierce ?

En entendant mon prénom, je reviens en sursaut à la réalité.

— Désolé, désolé. Je ne voulais pas m'assoupir.

Je me redresse, vaseux et déphasé, et aussitôt je m'en veux de ne pas m'être levé plus tôt.

— Je te fiche la paix, dis-je en me hissant sur mes coudes avant de m'asseoir au bord du lit.

Je lui tourne le dos en essayant de retrouver mes vêtements dans l'obscurité.

— Non, non, attends.

Quelque chose dans sa voix m'inquiète, mais

quand je me retourne, je ne parviens pas à déchiffrer son expression.

— Jezebel ? Bébé, qu'y a-t-il ?

— Tu ne... tu ne vois personne en ce moment, si ? Ne me dis pas que je suis l'autre femme.

Je manque éclater de rire. Je suis aussi loin d'un quelconque engagement qu'un homme puisse l'être. Et avant ma rencontre avec Jez, cela me convenait parfaitement. Maintenant... eh bien, je n'ai pas envie de me poser la question, mais je ne peux nier qu'elle me pousse à remettre en question mon *modus operandi*, ma règle d'une nuit, une seule, avant de passer à autre chose. Parce que deux nuits auprès de cette femme me feraient le plus grand plaisir. Et honnêtement, je ne me plaindrais pas d'une troisième.

— Pierce ?

Son regard est soucieux et je me rends compte que mon hésitation instille le doute en elle.

— Non, dis-je avec empressement. Pas depuis longtemps.

— Oh.

Le soulagement dans sa voix est palpable.

— Tant mieux. Je suis partie du principe que tu étais célibataire parce que tu m'as dit que tu avais un rendez-vous arrangé le soir où nous nous sommes rencontrés. J'imagine que c'est Kerrie qui voulait te présenter quelqu'un.

— Pas vraiment.

J'ai répondu par réflexe et je me demande immédiatement à quoi je joue. Dis oui, c'est tout. Avoue. Qu'on n'en parle plus. Quelle importance ?

— Pas vraiment un rendez-vous arrangé ? Ou pas vraiment Kerrie ?

— Ce n'était pas un rendez-vous arrangé. Et Kerrie n'a rien à voir là-dedans.

Idiot. Je suis un idiot qui ne contrôle pas les mots qui sortent de sa bouche.

Enfin, pas tout à fait. Parce que, pour le meilleur ou pour le pire, je ne veux pas me censurer avec cette femme. C'est tout nouveau pour moi, mais je ne peux nier ce que je ressens.

— Ce n'était pas un rendez-vous arrangé, dit-elle sur un ton dubitatif. Mais tu ne savais pas à quoi elle ressemblait et... *Oh !* Les initiales. J'ai lu quelque chose là-dessus. Cette nouvelle appli.

Elle me sourit. Heureusement, elle a l'air amusée plus que scandalisée.

— Tu m'as confondue avec ton plan cul.

— C'était une terrible erreur, dis-je avant de poser un baiser sur ses lèvres. Parce que tu es bien plus que ça.

Encore une fois, je m'entends parler et je n'en reviens pas.

Pourtant, c'est la pure vérité.

Del s'est trompée. Jez n'est pas une peste, c'est une fée. J'ignore comment, mais elle m'a jeté un sort.

— Pas de petite amie. Pourquoi ? demande-t-elle.

— Tu t'en plains ?

— Absolument pas. Je suis curieuse.

Elle se redresse dans le lit, ramenant le drap sur elle pour se couvrir la poitrine, ce que je trouve plutôt regrettable.

Je m'étends auprès d'elle, les bras au-dessus de ma tête. J'envisage d'ignorer sa question. De changer de sujet, ou mieux, de détourner son attention en l'attirant sur moi pour la prendre à nouveau, vite et bien.

Mais c'est tout le problème de ce sortilège qu'elle m'a lancé. J'ai envie de lui parler. J'ai envie de rester ici, au lit avec elle, et de discuter de mon passé. Pour être honnête, je trouve que c'est complètement insensé.

— Alors ? insiste-t-elle. Tu vas me demander de me mêler de ce qui me regarde ?

— Non.

Je me mords la langue pour me retenir de parler. Parce que j'aimerais que ce sujet la regarde, au contraire, et j'ai très envie de le lui dire.

— Je réfléchissais.

Elle allume la lampe de chevet et quitte son lit. Avec plaisir, je regarde son corps nu disparaître, de dos, dans la salle de séjour. Puis de face, quand elle revient avec deux verres de vin.

— Pour info, dis-je. Ce n'est pas en te promenant toute nue que tu vas me donner envie de parler. Autant que tu le saches.

Elle me tend un verre et je m'adosse à l'oreiller, puis elle dépose le sien sur la table de nuit. En me rejoignant, elle enroule le drap autour d'elle.

— C'est noté. Tu disais ? À propos de la triste absence d'épouse ou de copine dans ta vie ?

Je secoue la tête, amusé, et je prends une gorgée de vin. J'hésite encore sur le choix des mots. Enfin, je me lance :

— J'ai survécu à l'armée, lui dis-je. Mais je n'ai pas survécu à mes fiançailles.

— Que s'est-il passé ?

— Je l'aimais. Je croyais qu'elle m'aimait. Trois heures avant le mariage, elle m'a annoncé qu'elle ne pouvait pas le faire. Qu'elle ne m'aimait pas. Qu'elle doutait de m'avoir aimé un jour.

Elle serre ma main dans la sienne.

— La garce. Oh, Pierce. Je suis tellement désolée.

— Je m'en suis remis.

Je hausse les épaules, comme si ce n'était rien, même si naturellement c'était d'une importance cruciale. Je croise son regard.

— Mais je refuse la vie de couple, dis-je.

Elle hausse les sourcils et me répond :

— Tu me regardes comme si c'était un problème.

Ce n'est pas le cas.

— Bon.

Même si c'était exactement ce que je voulais entendre, ces mots me percutent violemment avant de peser sur mon ventre comme une boule de plomb.

— Je ne suis là que pour quelques jours, tu as oublié ? Et tant que Del ne sera pas prête à gérer sa propre carrière, je dois me concentrer sur elle. Pas de couple, pas de relation, rien d'autre.

Son ébauche de sourire s'épanouit quand elle nous désigne tous les deux.

— Je ne regrette pas du tout ça, mais je ne suis pas une jeune fille fragile et fleur bleue, soudain fascinée par ta queue magique et mystique.

— Elle est plutôt spectaculaire, n'est-ce pas ?

— Je ne dirai rien pour gonfler ton ego, dit-elle. Et ces femmes sur l'application ? Elles cherchent des relations ?

— Ce n'est pas ce genre d'appli. Et puis, je me suis clairement fait comprendre. Je ne cherche que des coups d'un soir.

— Vraiment ? Une attitude de vrai mercenaire.

— Ça m'a toujours convenu.

Pourtant, en disant cela, je ne peux chasser l'impression que mon refus de la vie de couple, ce mur de briques implacable, menace de s'écrouler.

— Hmm, fait-elle.

— Tu n'approuves pas.

— Au contraire, c'est plutôt malin.

Elle se couche sur le côté, appuyée sur un coude.

— Je devrais peut-être suivre ton exemple.

Je me renfrogne sans comprendre.

— De quoi parles-tu ?

Elle s'étire et pose sa tête sur l'oreiller, tournée vers le plafond.

— C'est un bon moyen de ne pas être seul, n'est-ce pas ?

— Tout juste, dis-je par automatisme.

Pourtant, c'est un mensonge. Je suis toujours seul avec ces femmes. Et j'ai beau répugner à l'admettre, la présence de Jez à mes côtés – pouvoir la toucher, lui parler – ne fait que rendre cette vérité plus criante encore.

Pendant un moment, nous gardons le silence. Puis elle se redresse à nouveau, ramenant les genoux dans ses bras, contre sa poitrine.

— Ça devient bien trop sentimental. Voilà ce que je pensais. À propos de demain, je veux dire. Del et moi, nous passons la journée entière au spa, puis à dix-neuf heures elle doit être sur le plateau pour des scènes de nuit.

— D'accord.

Je suis plus déçu que je devrais l'être à l'idée de ne pas la voir pendant la journée.

— Je serai là à dix-huit heures pour vous y conduire.

— D'accord. Enfin, à moins que tu sois libre avant...

— Oui, bien sûr. C'est une mission à temps plein, tu as oublié ? Mais si tu me proposes une séance de pédicure, je crois que je vais passer mon tour. Connor est de service avec Del demain jusqu'à dix-sept heures. Il sera peut-être intéressé par un soin du visage.

— Très drôle. Non, je réfléchissais, c'est tout.

— À quel sujet ?

— Del. Elle s'amusera sans doute beaucoup plus au spa avec quelqu'un de son âge.

— Hmm.

— Bon, dit-elle avant de s'éclaircir la voix. Tu m'as dit que Kerrie avait vingt-quatre ans, n'est-ce pas ?

— Kerrie ? Oui.

— C'est proche. Tu crois que ça lui plairait ?

— Une journée au spa avec une star de ciné au sens de l'humour affûté ? Oui, je crois qu'elle serait partante.

Je fais de mon mieux pour ne pas laisser l'enthousiasme me gagner quand je songe à la direction que prend cette conversation. J'entrevois une longue journée de paresse, au lit avec Jez, pendant que Connor surveille les filles au spa.

— Je me disais que, peut-être, toi et moi on pourrait...

— Oui.

— ... visiter Austin, conclut-elle.

Je me redresse.

— Une seconde. Quoi ?

— Que croyais-tu que j'allais dire ?

— Rien. Qu'on jouerait au backgammon. Quelque chose comme ça.

Son rire résonne comme une musique dans la pièce.

— Eh bien, je pense que le backgammon peut figurer au menu. Mais je ne suis venue à Austin qu'une seule fois auparavant et j'espérais que tu pourrais me faire visiter.

Cela ressemble incroyablement à un rencard. Si l'idée de passer la journée nu au lit avec elle me rendait enthousiaste, celle d'un rencard allume un panneau *Attention danger* dans ma tête.

Parce que les relations, ce n'est pas pour moi. C'est comme ça.

Or quand je suis avec Jez, je dois faire l'effort de me le rappeler.

Cela dit, elle a déjà souligné qu'elle partait dans moins d'une semaine. Et rien ne m'indique qu'elle attend autre chose de cette journée ensemble.

J'ai envie de passer la journée avec elle.

Sans doute plus que je ne le devrais.

— Pierce ?

Elle me regarde en fronçant les sourcils.

— Je ne pensais pas que c'était une question difficile. Es-tu...

— Je suis partant.

Hors de question que je laisse quelqu'un d'autre lui faire visiter la ville.

— Je me demande déjà où nous pourrions aller, dis-je.

— Super. Formidable.

Elle prend une grande inspiration avant de bâiller.

Je sors du lit et je balaie la chambre du regard à la recherche de mon pantalon.

— Je te laisse dormir. Je vais envoyer un message à Kerrie et à Connor. Demain, une fois que nous les aurons déposés au spa, nous irons en ville toi et moi.

— D'accord, dit-elle.

Mais j'entends l'hésitation dans sa voix.

— Un problème ?

— Disons qu'à dix-huit heures demain, je dois t'embaucher de nouveau. Étant donné que tu n'es pas mon employé en ce moment, je me disais que...

— Allez-vous me proposer de dormir ici, mademoiselle Stuart ?

Elle se redresse, laissant le drap glisser sur son corps.

— Pour tout vous dire, monsieur Blackwell, il n'est absolument pas question de dormir.

CHAPITRE DIX

— C'EST SUPER ICI, dit Jez en levant les yeux vers le faux ptérodactyle suspendu au plafond. Et ces pancakes sont délicieux. Je n'avais encore jamais mangé de pain d'épices.

— Jamais ?

— J'ai vécu une vie très aseptisée, dit-elle sur un ton impassible.

J'éclate de rire et je tends ma tasse vers la serveuse qui passe, pour qu'elle la remplisse de café. Nous sommes au Magnolia Café, sur South Congress, mon restaurant préféré à Austin, juste après le Magnolia Café original, de l'autre côté du fleuve. L'ambiance est décontractée, l'établissement a beaucoup de cachet et je ferais le tour du monde pour leur cuisine.

En l'occurrence, nous ne sommes pas à l'autre bout du monde. Non seulement nous sommes à quelques kilomètres à peine du Starfire Hotel, mais nous nous trouvons aussi à l'extrémité sud du quartier commercial de SoCo. Et comme Jez m'a dit qu'elle voulait acheter un souvenir à Del aujourd'hui, j'ai pensé que nous pourrions faire du lèche-vitrine jusqu'au fleuve.

— Nous avons de la chance d'avoir trouvé une table, dis-je. En général, cet établissement est bondé le samedi, surtout pendant le festival de South By.

Je jette un regard circulaire – le restaurant est plein, mais ça reste raisonnable.

— Il n'est pas encore dix heures, dit-elle. Ceux qui sont sortis hier soir dorment encore.

Elle prend sa lèvre inférieure entre ses dents et me regarde sous les longs cils de ses yeux plissés.

— Moi, je dormirais toujours après cette courte nuit s'il n'avait pas fallu que je me lève pour réveiller ma sœur.

— Vraiment ?

Son pied me frotte la cheville sous la table.

— Si tu es fatigué, nous pouvons retourner à l'hôtel et passer la journée au lit pendant que nos sœurs sont au spa.

— C'est tentant, mais non.

Elle prend une gorgée de café et je me sens durcir rien qu'en voyant sa bouche sur la tasse en céramique blanche.

— Tu m'as promis une journée en ville.

Elle repose son café sans me quitter des yeux un seul instant.

— J'attends avec impatience ce que tu as prévu pour nous.

— Jezebel Stuart, vous êtes une allumeuse.

— Peut-être un peu, dit-elle avant de retirer son pied. Mais je peux être sage.

Elle pose sa fourchette et s'adosse dans son siège. Elle a réussi à manger la moitié de sa pile de pancakes. Étant donné leur quantité, c'est plutôt impressionnant.

— Alors, parle-moi de ce restau. Comment l'as-tu découvert ?

— Je viens ici depuis que je suis petit. J'ai toujours adoré leur panneau *Désolés, nous sommes ouverts*, et quand Kerrie était enfant, je me moquais d'elle en lui faisant croire que tout le restaurant faisait partie d'une faille temporelle.

— À cause du panneau qui annonce une ouverture huit jours par semaine ?

— Elle ne m'a jamais cru, dis-je. Ma sœur est bien trop cynique.

Jez éclate de rire.

— Oui, elle avait l'air plutôt cynique ce matin quand elle sautillait en tapant dans ses mains à la perspective d'une journée au spa.

— Elle cache bien son cynisme, répliqué-je.

Jez me lance sa serviette.

— Quand comptes-tu m'exposer le programme de la journée ?

— Jamais. Tu vas devoir me faire confiance et te laisser aller. T'en sens-tu capable ?

Elle croise les bras et plisse les yeux.

— Non, dit-elle.

Mais son sourire exprime un grand oui.

Une demi-heure plus tard, elle a déjà acheté à Delilah trois t-shirts souvenirs à Prima Dora, une boutique locale à côté du Magnolia, ainsi que cinq paquets de serviettes à cocktail complètement kitsch.

— Del adore ce genre de bêtises, dit-elle en souriant, tandis que nous marchons main dans la main, l'anse du sac dans ma main libre. Et maintenant ?

— Maintenant, on se promène.

— J'aime bien cette ville, dit-elle quelques rues plus loin. C'est tendance, plein de couleurs, sympa et très pittoresque. Oh...

Elle s'arrête au coin de la rue et tend le doigt en direction du magasin Allens Boots.

— C'est ce qu'il me faut !

Elle se tourne vers moi, un immense sourire aux lèvres.

— Des bottes de cowboy que je porterai à Los Angeles. Authentiques, tu vois ?

— Je n'ai aucune objection !

Nous traversons la rue et entrons. À la différence des autres boutiques sur South Congress, Allens Boots est ici depuis toujours et les types qui y travaillent connaissent leur sujet sur le bout des doigts. Ils vont même jusqu'à dire à Jez qu'elle devrait prendre le temps de casser les bottes rouges qu'elle a choisies. Malgré tout, elle insiste pour les porter pendant le reste de notre balade.

— Elles me plaisent, dit-elle en tendant la jambe dès que nous ressortons en plein soleil.

Elle effectue un petit entrechat avant de s'appuyer sur moi, hilare.

— J'ai vu ça dans un film, un jour. Enfin, pas précisément *ça*. Mais un autre pas de danse.

— Commençons par le two-step, c'est un bon début.

— Tu sais le danser ?

— Je l'ai fait une fois ou deux.

— Montre-moi, insiste-t-elle en me prenant les mains comme pour m'entraîner dans une valse.

J'éclate de rire en reculant.

— Fais-moi confiance. Il vaut mieux que je n'essaie pas de te l'apprendre en public. Je ne suis pas très doué.

— Au contraire, dit-elle en faisant glisser sa main

sur mon t-shirt pour s'arrêter juste au-dessous de ma ceinture. Moi, je crois que tu es très doué.

— Jez...

La tentation est forte d'envoyer promener le reste de notre excursion pour lui enseigner quelques pas de danse à l'horizontale. Mais elle se contente de rire et s'éloigne prestement.

— Plus tard, murmure-t-elle. Promis ?

— Oh, oui.

Elle me prend la main et nous reprenons notre marche dans la rue. Nous parlons de tout et de rien. Des babioles dans les vitrines, des passants. De la météo. De littérature. Et même de poésie irlandaise. Je me demande bien ce qui nous a amenés sur ce terrain.

Quand je lui pose la question, elle hausse les épaules en riant et me prend la main. C'est la première fois que je la vois aussi insouciante. En cet instant, je crois que je ne désire rien d'autre au monde que d'entretenir éternellement sa bonne humeur.

C'est une pensée dangereuse... mais en fin de compte, ce n'est pas si terrifiant que ça en a l'air.

— Merci, dit-elle plus tard, quand nous ressortons de la boutique Lucy In Disguise With Diamonds, tous deux affublés d'une paire de lunettes de soleil rétro et rigolotes. J'en avais besoin.

— Qui n'a pas besoin de lunettes de soleil fluo ?

— Bien vu, dit-elle. Mais ce n'est pas ce que je voulais dire. Plus sérieusement, ajoute-t-elle en posant les mains sur mes épaules pour se hisser sur la pointe des pieds et poser un tendre baiser sur mes lèvres. Merci.

Elle commence à reculer, mais je prends son visage dans mes mains pour la garder près de moi, approfondissant son baiser jusqu'à ce qu'elle gémisse. J'en ressens les réverbérations dans tout mon corps.

— Et maintenant, où allons-nous ? chuchote-t-elle.

— Eh bien, j'ai prévu toute une journée. Après SoCo, je me disais que nous pourrions louer une barque et passer une heure sur le fleuve. Ensuite, on pourrait déjeuner à l'un des stands de cuisine de rue, sur Barton Springs Road. Enfin, nous irions plus au sud pour visiter le jardin botanique de Wildflower Center avant de revenir au centre-ville et pourquoi pas grignoter quelques sushis pour l'apéritif.

— C'est merveilleux.

— Ou bien, nous pourrions oublier tout ça et je te montrerais mon panorama préféré sur le fleuve.

— Où ça ?

— Dans mon appartement.

Elle écarquille les yeux, presque imperceptiblement.

— Alors, je suppose que le panorama sur la ville est un euphémisme ?

— Peut-être, dis-je comme un aveu. Je sais que tu voulais passer la journée dehors. Mais Jez...

— Tais-toi, Pierce, fait-elle en posant un doigt sur mes lèvres pour m'intimer le silence. Allons-y. Je ne voudrais pas rater une vue exceptionnelle.

CHAPITRE ONZE

C'EST une somptueuse journée de mars. Le soleil de l'après-midi scintille sur le fleuve. Les arbres sont verts et certains commencent même à bourgeonner.

C'est une vue vraiment magnifique.

Mais rien de tout cela n'est comparable à Jezebel.

Nous nous trouvons dans mon salon. Elle est devant la fenêtre ouverte sur le balcon, qui surplombe le fleuve et le paysage. Mais c'est cette femme qui me coupe le souffle.

Elle a déjà retiré ses bottes et j'aimerais la débarrasser du reste de ses vêtements. Je m'avance dans son dos, bien décidé à mettre mon plan à exécution.

— Ferme les yeux, dis-je.

C'est ce qu'elle fait.

— Lève les bras.

Une fois de plus, elle s'exécute et sa confiance

spontanée m'excite tout autant que sa peau douce et son parfum délicieux.

Saisissant l'ourlet de son t-shirt, je le passe par-dessus sa tête. Elle pousse un petit gémissement, mais elle ne proteste pas.

— Et maintenant, le jean, dis-je tout en détachant son soutien-gorge pour l'abandonner. Enlève-le pour moi. Et la culotte avec.

Les fenêtres sont légèrement teintées pour protéger l'intérieur du soleil, et à cette heure de la journée, elles offrent un reflet discret. Jez lève les yeux et croise mon regard sur la vitre. J'attends qu'elle proteste, mais elle ne dit rien. Elle se contente de déboutonner son pantalon, puis elle se tortille pour le quitter, laissant glisser ses sous-vêtements dans le même mouvement.

Puis elle reste là, tournée vers ce quartier dynamique d'Austin, les bras le long du corps et les jambes à peine écartées.

Je suis derrière elle. Dans la vitre, je vois que ses tétons pointent et qu'elle se mord la lèvre.

— Ça t'excite, dis-je.

Quand elle hoche la tête, je pousse un soupir de soulagement. Parce que moi aussi, je suis terriblement excité.

— C'est mon panorama préféré, dis-je. Pas la ville. Pas les arbres. Pas le fleuve. Mais toi, debout devant moi, ta peau brillante, ton corps qui se reflète dans la vitre. Honnêtement, que pourrait-il exister de plus charmant ?

— Menteur, fait-elle en esquissant un sourire. Belles paroles, mais c'est un mensonge. Comment cette vue peut-elle être ta préférée si c'est la première fois que tu la vois ?

Je m'approche d'elle et prends ses seins dans mes paumes, avant de faire glisser une main entre ses cuisses. Elle est mouillée – foutrement, même – et je ne peux m'empêcher de penser qu'elle m'appartient déjà.

— Ce n'est pas la première fois que je la vois. Pas réellement, dans mes pensées. L'idée de toi. Une beauté innocente debout devant moi, nue et pleine de désir.

Mon autre main quitte sa poitrine pour se poser sur son front. Avec délicatesse, je lui penche la tête en arrière afin d'allonger son cou. Elle prend une inspiration frémissante, mais elle ne bouge pas.

— Dis-moi que tu me désires.

— Oui. Tellement.

Je la libère et elle soupire, mais elle reste dans cette même position, toujours appuyée contre moi. Je soutiens le poids de son corps. Elle me fait confiance, sachant que je ne la laisserai pas tomber.

J'ai toujours une main entre ses jambes et je la

caresse jusqu'à ce qu'elle se trémousse contre moi, ardente et impatiente.

— Déshabille-toi, demande-t-elle.

— Tes désirs sont des ordres, dis-je avant de me délester de mes vêtements.

— C'est vrai ?

J'incline la tête en me demandant à quoi elle pense.

— Essaie toujours.

Elle se blottit dans mes bras, m'aidant à me déshabiller plus vite, puis elle me capture dans un baiser brûlant qui m'étonne et m'excite comme jamais.

— Jez, bébé, dis-je en m'écartant pour reprendre mon souffle.

Mais elle ne me laisse pas de répit. Sa main s'avance et elle entreprend de me caresser, me rendant encore plus dur que je l'aurais cru possible, propageant une vague de chaleur à travers moi.

— Maintenant, lui dis-je. Putain, Jez, j'ai trop besoin de te pénétrer.

— À quel étage sommes-nous ? demande-t-elle d'une voix fébrile.

— Au vingt-sixième.

— Quelqu'un peut nous voir ?

— Je ne sais pas. Ça m'étonnerait.

— La fenêtre, supplie-t-elle. S'il te plaît, prends-moi à la fenêtre.

Oh, je ne vais pas me faire prier.

— Les mains sur la vitre, ordonné-je. Penche-toi.

C'est ce qu'elle fait. Le spectacle est si torride que je manque jouir sans attendre. Mais j'ai envie d'être en elle. J'ai envie d'être avec elle. C'est *elle* que je veux. Pas uniquement son sexe, mais Jez tout entière. Et en me positionnant, en insérant ma queue dans ses replis chauds et moites, en prenant possession de son corps une bonne fois pour toutes, je ne peux m'empêcher de me demander ce que ça signifie.

Mais pour l'instant, je suis trop enflammé pour m'en soucier. Trop éperdu dans la passion. Dans les ondes de plaisir qui me parcourent.

Et surtout, trop éperdu en elle, Jez.

Quand elle se disloque dans mes bras – quand elle crie mon nom et tremble si violemment que ses jambes se dérobent – je me sens l'homme le plus puissant du monde.

Nous nous sommes laissé tomber sur le tapis et je me motive suffisamment pour nous nettoyer et aller nous chercher des peignoirs. Puis j'ouvre la porte et je la conduis sur le balcon, la faisant asseoir sur une chaise longue avant de retourner à l'intérieur afin de nous préparer deux verres de bourbon.

J'ai envie de la choyer. C'est à des années-lumière de mes habitudes.

Mais je me sens bien. Très bien, même.

Quand elle me sourit lorsque je lui tends son verre, j'ai même la sensation d'être enfin chez moi.

— J'adore ça, dit-elle avant que je m'abîme un peu trop dans ces pensées vagabondes et ces rêves de doux foyer. Très haut dans le ciel avec un balcon. Ainsi, on vit dans la ville, tout en lui échappant.

— Exactement. J'aimerais avoir une maison un jour, mais il faudrait que ce soit aussi un havre de paix. Il y aurait un grand jardin, et en ce moment, je n'ai pas le temps de m'en occuper.

— Tu pourrais embaucher quelqu'un.

— Ce n'est pas pareil, dis-je en secouant la tête. Il y a quelque chose d'instinctif et de personnel dans l'entretien d'un jardin. Quoi ? dis-je en surprenant son regard étonné.

— C'est ce que j'ai toujours ressenti. Je veux un jardin, mais je n'en ai pas pour les mêmes raisons. Pas le temps de m'en occuper et je ne veux pas que quelqu'un d'autre se charge de ce qui m'appartient.

Je hoche la tête en songeant à tout ce que nous avons en commun. C'est inespéré.

Elle soupire et sirote son bourbon.

— J'ai adoré ces quelques jours, me dit-elle. Pour être honnête, je ne me suis pas beaucoup amusée ces derniers temps. Alors, merci.

— À cause du scandale ?

— Oui. Mais même avant cela.

Je me tourne vers elle en me remémorant notre conversation de la veille.

— Tu vis dans l'ombre.

Aussitôt, elle se hérisse :

— J'adore ma sœur.

— Je ne dis pas le contraire. Mais tu as besoin de vivre ta propre vie. Que se passera-t-il quand elle sera prête à gérer sa carrière toute seule ?

— Ça ne te regarde pas.

Ses paroles sont dures et douloureusement vraies.

Douloureusement, parce que j'ai envie de l'aider. J'ai envie de la prendre dans mes bras et de l'étreindre jusqu'à ce qu'elle trouve une solution.

Bon sang, je ne sais pas quand j'ai pris cette direction, mais je l'ai fait. Et maintenant, je me dirige vers quelque chose avec cette femme que je ne comprends pas. Tout ce que je sais, c'est que c'est agréable – et que je ne suis pas prêt à freiner.

— C'est mon problème, lui dis-je. Je ne sais pas pourquoi, ni comment, ni même si tu accepteras mon aide. Il faut que tu saches, Jez, que je t'ai dans la peau. Et je ne peux plus me détourner de toi. Pas maintenant. Pas sans avoir essayé.

Elle pince les lèvres, les yeux grands ouverts. Manifestement, elle retient ses larmes. Enfin, elle se lève de sa chaise et détale à l'intérieur.

Je lui laisse un peu de temps, puis je la suis. Elle est

dans la cuisine. Le robinet est ouvert et ses mains agrippent le plan de travail.

— Jez, dis-je en posant une main sur son épaule, résistant à l'envie de la retourner pour la serrer dans mes bras même si c'est exactement ce que je voudrais faire. Parle-moi.

— C'est bon, répond-elle au-dessus de l'évier. Je gère.

Elle se tourne vers moi et ajoute :

— Disons que parfois, j'aimerais pouvoir me décharger sur quelqu'un d'autre. Tout lâcher et prendre mes distances, tu comprends ?

— Oui, dis-je en lui prenant la main. Viens avec moi.

Elle me dévisage d'un air intrigué, mais elle ne proteste pas quand je l'entraîne dans ma chambre.

— Je ne peux pas t'aider avec Del, dis-je. En tout cas, pas sans quelques recherches et une demi-douzaine de coups de fil. Mais pour ce qui est de te décharger sur quelqu'un d'autre... j'ai des idées.

Je la regarde attentivement. J'ai piqué au vif sa curiosité. Elle est nerveuse, aussi.

— À quoi penses-tu ? demande-t-elle enfin.

— Est-ce que tu me fais confiance ?

— Je...

Elle hésite. Dans ce moment de silence, on dirait que le sol se dérobe sous mes pieds. Bordel, j'ai envie de me frapper, parce que je n'aurais jamais dû tomber aussi violemment, aussi rapidement. Je devrais le savoir.

Et puis, zut ! Tout ce qui se passe ici n'est l'affaire que de quelques jours. Bientôt, elle rentrera à Los Angeles, je me connecterai à 2Nite et ma vie retrouvera son cours normal.

En attendant, Jez est là.

Et quand elle hoche la tête en me disant : « Bien sûr que je te fais confiance », tout me paraît bien dans le meilleur des mondes.

— Assieds-toi sur le lit.

Elle s'exécute tandis que je rejoins ma commode.

— On peut savoir ce que tu fais ? demande-t-elle sur un ton à la fois amusé et méfiant.

— Je te force à te décharger sur quelqu'un d'autre. Ferme les yeux. Maintenant ! ajouté-je en la voyant hésiter.

Elle plisse les paupières, mais elle obéit, puis elle pousse un petit cri lorsque je place un masque de nuit devant ses yeux, le resserrant un peu pour m'assurer qu'elle ne puisse plus rien voir.

— Pierce, je ne...

— Chut, tu te décharges sur quelqu'un d'autre. Tu te laisses aller. Tu me passes le relais. C'est notre accord. Je te promets que ça va te plaire.

Elle s'humecte les lèvres et je retiens mon souffle,

redoutant qu'elle s'y oppose. Mais elle finit par acquiescer.

— Bien. Maintenant, allonge-toi et passe tes bras au-dessus de ta tête, les poignets ensemble.

Certain qu'elle s'apprête à protester, je suis étonné lorsqu'elle obtempère sans sourciller.

Je monte sur le lit à côté d'elle et je lui attache les poignets avec une vieille cravate. La tête de lit est surmontée d'une étagère et, à défaut d'une meilleure option, je débranche mon réveil et enroule le cordon dans la boucle de la cravate, liant ses poignets à la tête de lit.

— Pierce...

— Oui, bébé ?

— Je ne sais pas, dit-elle. Je crois que j'avais envie que tu répondes, c'est tout.

— Je répondrai toujours. Maintenant, détends-toi. Respire.

— Que vas-tu faire ?

— Ma belle, je vais te faire jouir.

— Oh.

Je souris en constatant que son corps se contracte à cette seule suggestion et j'entreprends d'explorer minutieusement le corps de cette femme. Je sème des baisers sur chaque parcelle de sa peau. Après m'être huilé les mains, je lui masse la poitrine. Je suce ses tétons. Ma bouche remonte entre ses jambes. Et pendant tout ce temps, je ne cesse de lui dire à quel point elle est belle.

Je m'abandonne à son plaisir. Dans la contemplation de sa peau qui frémit à chaque caresse. Dans l'admiration des mouvements réguliers de sa respiration. Je veux tout connaître et je m'abîme dans la réalité de Jezebel.

Quand elle gémit et remue les hanches, suppliant que je la touche, j'insère délicatement mes doigts entre ses jambes et j'y reste, immobile, même si elle essaie de se presser contre moi.

— Oh, non. C'est à moi de le décider, dis-je.

Par la suite, je mets un point d'honneur à l'entraîner vers les sommets absolus de la passion.

Et quand elle crie de plaisir, je sais que j'ai fait un excellent travail.

Je soutiens son corps tandis que les dernières secousses de l'orgasme l'ébranlent, puis avec une douceur infinie, j'ôte son masque et je dénoue ses liens.

Immédiatement, elle se roule en boule contre moi en poussant un profond soupir.

— C'était incroyable.

— L'orgasme ou le lâcher-prise ?

— C'est une question piège, dit-elle en ouvrant les yeux. J'ai joui aussi fort *parce que* je me suis laissé aller.

— Bravo, dis-je sur le ton de la plaisanterie. Très bonne élève.

Elle tend le bras pour me frapper le torse, mais je m'empare de son poignet et je l'embrasse.

— Si tu peux le faire au lit, lui dis-je, alors tu peux le faire dans la vie.

— Avoir un orgasme dévastateur ?

— Lâcher le contrôle.

Je crois que je me suis bien fait comprendre, mais elle secoue la tête avant de se redresser sur un coude.

— Tu oublies une chose. À toi, je te fais confiance.

CHAPITRE DOUZE

JE TE FAIS CONFIANCE.

Ces mots déferlent à travers moi, chauds et plaisants, mais assez effrayants pour que je les écarte au plus vite. Il ne s'agit pas de moi. Il s'agit d'elle. Il s'agit de Del. Il s'agit de trouver un agent, un manager ou un associé – quelqu'un qui puisse partager le fardeau avec Jezebel en attendant que sa sœur soit prête à gérer sa carrière seule.

C'est ce que je lui dis.

— Je n'ai pas changé d'opinion, me répond-elle. Je ne dois pas forcément me déshabiller devant eux, mais il me faudra leur faire confiance. Et après ce qui s'est passé avec Simpson...

Elle conclut par un haussement d'épaules, puis elle change de position, à genoux sur le lit.

— Mais je trouve que tu prends mon problème

beaucoup trop à cœur. Je vais me débrouiller. En attendant, nous devons continuer.

Elle désigne l'horloge d'un mouvement de tête et je pousse un juron tout bas. J'ai complètement perdu la notion du temps. Nous devons être de retour à l'hôtel dans moins d'une demi-heure.

— Tu as une mauvaise influence sur moi, lui dis-je.

— Le sentiment est partagé.

Heureusement, mon appartement n'est qu'à quelques rues du Starfire, et bientôt je tends mes clés au voiturier et je fais entrer Jez dans l'ascenseur avec quinze minutes d'avance.

Grâce à sa clé, elle accède à son étage. Quelques instants plus tard, nous entrons main dans la main dans sa suite, pour découvrir Kerrie assise à la table, les yeux rivés sur nous.

Elle hausse les sourcils et je vois un petit sourire satisfait danser sur son visage avant que son masque de poker reprenne le dessus.

— Vous êtes rentrés plus tôt que prévu, dis-je en lâchant la main de Jez. Où est Del ?

— Rappelle-moi de ne jamais devenir star de ciné. On ne maîtrise pas son propre emploi du temps.

— Kerrie...

— Elle est en plateau. Connor l'a emmenée. Il a dit que tu prendrais la relève quand tu arriverais.

— En plateau ? fait Jez.

— Les producteurs ont appelé quand on était au hammam. Je crois qu'ils voulaient commencer tôt, quelque chose comme ça.

Elle boit une gorgée au goulot de sa bouteille et elle me regarde.

— Peux-tu me raccompagner avant d'y aller ? J'ai des projets pour la soirée et je n'ai pas de voiture.

— Bien sûr. Récupère tes affaires.

Je me tourne vers Jez tandis que Kerrie fourre des magazines et une paire de tongs dans un sac en toile.

— Et toi ?

Elle secoue la tête.

— Je dois régler quelques affaires et passer des coups de fil à Los Angeles.

Elle fait un geste pour me prendre la main, puis elle jette un œil vers Kerrie et la retire aussi sec.

— À plus tard. Quand tu ramèneras Del.

— Oui, d'accord.

Je m'approche et baisse la voix pour qu'elle soit la seule à entendre :

— Tu pourras encore me virer, ce soir.

— Marché conclu.

— Je suis prête ! lance Kerrie.

— Attends. Je veux prendre une bouteille d'eau.

Mon téléphone émet un tintement quand je me dirige vers le réfrigérateur, dans la petite cuisine. Je le sors de ma poche et le dépose sur le plan de travail.

Tandis que j'ouvre la bouteille et bois une longue gorgée, je regarde la notification sur l'écran de verrouillage.

J de 2Nite vous envoie un message : Je suis de retour. On se voit ce soir ?

Je m'apprête à refuser lorsque Kerrie, dans l'autre pièce, me demande de lui apporter une bouteille. J'en prends une dans le réfrigérateur et je me dirige vers la porte, lançant la bouteille à ma sœur.

— Prête ?

— Allons-y.

Je salue Jez de la main, résistant à l'envie de l'embrasser pour lui dire au revoir. Non par souci de professionnalisme, mais parce que ma sœur risque de me rebattre les oreilles pendant un bon bout de temps.

Malheureusement, mon sacrifice est vain, parce que la première chose que me dit Kerrie une fois que nous montons dans ma Range Rover, c'est :

— Tu l'aimes bien.

— Évidemment. Elle est gentille. Intelligente. Compétente.

— Ce n'est pas ce que je veux dire et tu le sais bien. Tu es tombé amoureux d'elle.

— Non, pas du tout.

C'est un mensonge, mais je ne veux pas me lancer dans des explications avec elle.

— Tu sais, ce ne serait pas gênant.

— Kerrie...

— Je dis simplement que ce serait bien, voilà tout. Cette histoire avec Margie t'a tourneboulé, d'accord, mais je me fais du souci pour toi. Maman et Papa aussi, tu sais. Ils ne te le diront jamais. En tout cas, ils attendront Thanksgiving et Noël pour le faire.

Nos parents ont pris leur retraite il y a cinq ans et sont partis s'installer dans le Nevada. Si nous sommes en contact régulier, nos échanges restent assez rudimentaires. Mais mes parents se font un plaisir de se mêler de ma vie privée en personne lors de nos fêtes de famille.

Je garde les mains sur le volant et les yeux sur la route.

— Comme je l'ai dit, tout va bien.

— Peut-être. Mais un de ces jours, tu vas devoir te rendre compte que si Margie s'est comportée comme une enflure, ce n'est pas la faute de toute la population féminine. C'est vrai, certaines parmi nous sont loyales, tu sais ? Moi par exemple, je t'aime.

Je soupire.

— Je t'aime aussi.

J'hésite et pendant un moment, j'envisage de tout lui raconter pour qu'elle m'aide à tirer au clair ce méli-mélo d'émotions qui s'embrouillent dans ma tête.

Mais son téléphone sonne et cette idée me passe.

— Salut, dit-elle. Quoi de neuf ?

Une pause, puis elle ajoute :

— Bien sûr, je vais le lui dire. Au revoir.

— Qu'y a-t-il ?

— Tu as laissé ton téléphone à l'hôtel. Jez a appelé Connor pour lui dire que tu n'as aucune inquiétude à avoir, si tu croyais l'avoir perdu.

— Oh, super. Merci.

— Apparemment, Lisa a essayé de te joindre, ajoute-t-elle. Comme ton téléphone et celui du bureau renvoyaient directement sur répondeur, elle a appelé Connor. Elle est en ville et elle aimerait te retrouver pour le dîner. Elle a dit à Connor qu'elle avait des nouvelles. Et il accepte de te remplacer sur le tournage.

— Des nouvelles.

Je fronce les sourcils en réfléchissant, mais aucune idée ne me vient.

— J'en parlais justement à Jez. Elle m'interrogeait sur notre boulot.

— Tu lui as parlé de Lisa et du harceleur ? Tu lui as dit ce qui s'est passé ?

Je comprends la surprise dans sa voix. J'évoque rarement le fait que j'ai tué un homme.

— Oui.

— Qu'est-ce que je disais ? s'exclame-t-elle sur un ton supérieur. Tu es tombé amoureux.

Cette fois, je ne prends même pas la peine de le nier.

Avec le téléphone de Kerrie, j'appelle Lisa, puis je dépose ma sœur avant de rentrer chez moi pour me changer. Tout cela me prend une heure, mais j'arrive à l'heure au rendez-vous. Lisa est déjà installée. Elle se lève pour se jeter à mon cou dès que j'approche de sa table.

— Je suis si contente que tu sois venu ! Je sais que je préviens au dernier moment, mais je ne suis en ville que pour la journée. Nous sommes venus voir Papa.

— Comment va ton père ? demandé-je.

Ça fait des mois que je n'ai pas parlé à son père. Tout ce que je sais, c'est qu'il habite à Salado maintenant, une petite ville à une soixantaine de kilomètres d'Austin.

— Très bien, dit-elle. Il a beaucoup de travaux de rénovation, alors ses affaires marchent bien. Il se sert de ta recommandation sur le site web que j'ai créé pour lui.

— Super. C'était le but.

Je bois une gorgée d'eau avant de remarquer la bouteille de champagne dans un seau sur la table.

— On fête quelque chose ?

Elle acquiesce avec empressement, bouillonnant à la perspective de cette fameuse nouvelle.

— Mais il faut attendre que... oh, Derek !

Je me retourne et j'aperçois un grand homme aux cheveux bouclés qui balaie le restaurant du regard. Il sourit et nous rejoint précipitamment avant de déposer un baiser sur la joue de Lisa. Je constate avec satisfaction qu'il embrasse sans sourciller sa joue droite barrée par une cicatrice, souvenir de son agression.

— Voici Derek, mon fiancé.

— Lisa, c'est formidable. Félicitations pour vous deux. Derek, je suis enchanté.

Je tends la main, ravi de constater que sa poigne est ferme et chaleureuse.

— Ma chérie, Maman a essayé de me joindre. Je vais m'éloigner pour la rappeler et je te laisse en parler à Pierce. D'accord ?

Elle hoche la tête et, une fois de plus, il me serre la main.

— Excusez-moi, mais ma mère habite à Taïwan depuis qu'elle est à la retraite. Ce n'est pas facile de communiquer. Je reviens tout de suite.

Lisa attend qu'il soit hors de portée d'oreille, puis elle dit :

— Je sais que c'est un peu bizarre, mais accepterais-tu d'être notre témoin ?

Je me rencogne dans mon siège, à la fois stupéfait et flatté.

— Lisa, tu en es sûre ? Et Derek ?

— Sans toi, je ne serais pas là pour me marier. Et ma demoiselle d'honneur, ce sera la meilleure amie de Derek. Tu veux bien ? Le mariage aura lieu en juin.

— Bien sûr. J'en serai honoré.

Elle s'adosse à sa chaise avec un soulagement évident.

— Oh, Dieu merci. Papa sera fou de joie. Et toi ? Tu vois quelqu'un ?

— En fait, lui dis-je. Il y a une femme que...

— *Pierce.*

Lisa et moi nous tournons en même temps. Si elle semble perplexe devant la femme furieuse qui fond droit sur nous, moi en revanche, je comprends tout de suite.

Mon téléphone. Mon maudit téléphone.

— C'est J ? demande Jez.

Les bras croisés sur sa poitrine, elle désigne Lisa d'un mouvement de la tête, mais son regard furibond reste braqué sur moi.

— C'est la femme que tu es venu baiser au lieu d'être avec moi ? Comment peux-tu me faire ça ? Je pensais que nous... *Et merde !*

Lisa ouvre de grands yeux ébahis. Je crois qu'elle va me demander ce qui se passe. Au lieu de ça, elle détourne le regard et appelle :

— Derek !

— Je n'ai pas pu joindre Maman, dit ce dernier en accourant.

En voyant Jez, il fronce les sourcils.

— Que se passe-t-il ?

— Assieds-toi, dis-je à Jez tandis que Derek prend place en face d'elle.

Je perçois la méfiance dans ses yeux, mais quand elle regarde Derek, la confusion prend le pas sur tout le reste.

— Voici Lisa, dis-je d'une voix douce en désignant la jeune femme, puis l'homme à côté d'elle. Et voici Derek. Son fiancé.

— Oh.

Son visage perd toutes ses couleurs.

— Oh, mon Dieu. Je suis tellement désolée. Je... je dois...

Elle ne prend pas la peine de terminer sa phrase et elle tourne les talons pour se diriger vers la sortie.

— Excusez-moi, dis-je au couple. J'ai un petit malentendu à dissiper.

Je me précipite derrière elle pour la rattraper enfin sur le trottoir devant le restaurant.

— Je suis désolée, dit-elle. Je suis désolée, mortifiée. J'aimerais vraiment que tu retournes là-bas pour que je puisse me sentir bête toute seule dans mon coin.

— Tu n'as pas à te sentir bête.

Elle hausse un sourcil et elle éclate de rire.

— Bon, peut-être un peu, dis-je. Parce que tu *es* bête si tu crois que cinq secondes après t'avoir quittée, j'irais retrouver une fille anonyme derrière un profil d'appli de rencontres.

Elle fouille dans son sac et en sort le téléphone, qu'elle me tend.

— Quand je l'ai récupéré, un message est apparu sur l'écran.

— Je l'aurais effacé, dis-je. Sans même y répondre.

— Je suis tellement ridicule.

Je lui prends les mains.

— Viens. Nous avons une place libre. Dîne avec nous.

— Pourquoi tu ne m'as pas prévenue que tu avais un dîner ? Tu as dit que tu partais sur le tournage.

Je lui parle du coup de téléphone et elle se renfrogne.

— L'univers complote contre moi.

— Ou il complote pour que tu dînes avec moi. Sérieusement. Viens.

Mais elle ne semble pas convaincue.

— Non, franchement. J'ai envie d'être seule.

— D'accord.

Je réfléchis au planning du lendemain.

— Cayden est de surveillance demain. Il emmène Del au studio pour cette émission du dimanche matin, puis le tournage reprend. Je passerai te voir, nous discuterons.

— Ce n'est rien. Le tournage commence tôt demain après-midi. On se verra sur le plateau.

Je prends le temps de comprendre le sous-entendu de sa réponse : *Elle ne veut pas que je vienne.*

— Jez, dis-je en éprouvant une brusque bouffée de panique. Tu comprends que ce soir n'était qu'un dîner avec une amie. N'est-ce pas ?

Elle hoche la tête.

— Je sais. Ne t'inquiète pas. Ce n'est pas ce qui me préoccupe.

— Alors, quoi ?

Mais elle ne répond pas et je reste avec un nœud au ventre et le sentiment d'avoir perdu quelque chose, sans savoir comment le récupérer.

CHAPITRE TREIZE

J'ARRIVE sur le plateau dérisoirement tôt, le dimanche, et je fais les cent pas dans la caravane de Del lorsqu'elle arrive en compagnie de Jez. Elles sont en grande conversation, mais Jez se fige en me voyant.

Je cesse de creuser un sillon entre le petit canapé et la kitchenette.

— Jez, il faut qu'on parle.

— Oh, misère ! s'exclame Del, son regard alternant entre sa sœur et moi. Je vais être en retard au maquillage.

Tandis qu'elle détale, je m'avance vers Jez.

— S'il te plaît, bébé. Dis-moi ce qui ne va pas. Dis-moi ce qui s'est passé hier. Je comprends pourquoi tu t'es fâchée à cause de ce que tu as cru. Mais quand nous avons éclairci la situation...

— Nous n'avons rien éclairci, dit-elle. C'est ce que j'ai compris. Nous n'avons rien réglé du tout.

Soudain, le froid me saisit. Comme si quelqu'un m'avait jeté dans une cuve d'eau glacée.

— De quoi parles-tu ?

— Je ne m'y attendais pas, dit-elle en allant s'asseoir sur le canapé.

Elle a la tête basse, le front contre ses doigts.

— À quoi ?

Elle lève les yeux et je vois les larmes dans ses yeux.

— À toi.

Une larme se détache et coule sur sa joue.

— Je ne m'attendais pas à toi.

Je suis à côté d'elle dans la seconde, mon bras sur ses épaules, et je l'attire contre mon torse. Mon cœur se serre, car les mots qu'elle emploie sont ceux que je ressens aussi. Les mots que je n'ai pas voulu examiner attentivement. Mais maintenant... eh bien, c'est peut-être le moment.

— Explique-moi, dis-je à mi-voix. Explique-moi ce que tu veux dire.

— Je m'en suis rendu compte hier soir, quand j'ai vu cette notification ridicule sur ton téléphone. J'ai eu l'impression d'avoir été coupée en deux.

Elle se redresse, le dos bien droit, quittant l'étreinte de mon bras. Je sais qu'elle veut pouvoir me regarder en parlant, mais cette perte de contact me semble aussi douloureuse qu'un coup de pied entre les jambes.

— J'ai trop de sentiments pour toi, poursuit-elle. Et je sais que tu ne cherches pas de relation, mais quand je suis avec toi…

Elle s'interrompt en secouant la tête, comme si elle essayait de se remettre les idées en place.

— Je veux plus que cela, dit-elle simplement. Plus de toi. Plus de temps. Plus de tout. Je veux laisser grandir ce que nous avons pour voir ce qui se passera.

La vague de soulagement qui me submerge est si intense que je suis étonné de ne pas tomber à la renverse.

Je sais que je devrais lui dire que je désire la même chose. Que je veux voir où cela nous mène. Aussi longtemps que ça durera.

Je devrais lui dire qu'elle m'a ramené à la vie. Qu'elle est un miracle et une surprise – tellement inattendue. Que je ne voudrais jamais la laisser partir.

Je devrais lui dire que, coûte que coûte, nous trouverons un moyen. Que ça peut fonctionner, parce que dans mes tripes – dans mon cœur – elle fait déjà partie de moi.

Je devrais lui dire tout cela. Au lieu de quoi, je déclare :

— Il nous reste trois jours.

Pendant un moment, elle me regarde sans rien dire

et j'ai envie de me botter les fesses pour me punir d'être un minable aussi pathétique. J'ai envie de revenir sur mes paroles et de lui dire la vérité. Mais les paroles ne viennent pas. Je me suis si longtemps persuadé que je ne voulais pas d'une vie de couple que je ne trouve plus les mots. Et si je me trompais sur elle ? Sur nous ?

Si je lui ouvrais ma porte et qu'elle m'arrachait les bourses ? Si j'avais besoin de ces trois jours pour me décider ?

— Tu as raison, dit-elle en quittant le canapé. Il nous reste encore trois jours. Et c'est formidable.

Elle passe les doigts dans ses cheveux.

— Bon, euh, je dois aller retrouver l'équipe de production. Je crois que ça va me prendre un moment. Alors, on se verra à l'hôtel. Quand tu raccompagneras Delilah.

Je me lève et tends les bras, soulagé lorsque mes doigts trouvent les siens.

— Jez, s'il te plaît. Je ne veux pas dire…

Mais elle dégage ses mains.

— Non, tout va bien. Tu as raison. On s'est bien amusés et il nous reste encore trois jours. Disons simplement que…

Elle ne termine pas sa phrase et elle hausse les épaules. Puis elle se penche et pose un petit baiser sur mes lèvres.

— Tout va bien, sincèrement. On se voit ce soir. Ce

que nous partageons, c'est très sympa. C'est vrai, ça me plaît comme ça. Allez, je dois filer, ajoute-t-elle en consultant sa montre.

Puis elle sort en trombe de la caravane et je me laisse tomber sur le canapé.

Sympa.

Quel terme affreux.

Je suis toujours assis là trente minutes plus tard, à me demander comment j'ai pu changer en un fiasco complet et absolu, en moins de dix minutes, ce qui s'annonçait comme la plus belle chose qui me soit jamais arrivée. Je dois avoir un rare pouvoir de destruction parce que, putain, c'est un véritable record.

Peut-être – je dis bien peut-être –, si j'avais cessé de me seriner que je ne voulais pas d'une vie de couple, je me serais accroché à cette femme et je l'aurais retenue si résolument qu'elle ne serait jamais partie.

Et merde.

Je me lève. J'ai peut-être tout gâché il y a quelques minutes, mais je peux encore tout réparer. Je ne sais pas comment, mais je suis certain que me jeter à ses pieds et faire preuve d'honnêteté – avec, pourquoi pas, un dîner somptueux –, ce sera un bon début.

Je m'apprête à aller la retrouver pour me jeter dès maintenant à ses pieds quand la porte s'ouvre à la volée. Delilah fait irruption dans la caravane, les yeux injectés de sang.

— Del, que se passe-t-il ? Jez va bien ?

Elle acquiesce.

— Elle va bien. Elle est partie quelque part avec les producteurs.

— Elle n'est plus sur le plateau ?

Elle secoue la tête et je pousse un juron. J'ai raté une belle occasion.

— Alors, que se passe-t-il ? demandé-je.

— Ils écourtent le séjour. Voilà. Le tournage à Austin est terminé.

Je me rassieds.

— Bon sang, mais qu'est-ce que tu racontes ?

— Ils viennent de l'annoncer après la dernière scène. Ils ont remanié le script. Tout ce qui devait se passer sous le chêne et devant la maison de pierres aura lieu dans un café. Nous tournerons ces scènes à Los Angeles.

— Los Angeles, dis-je comme si c'était la première fois que j'entendais le nom de cette ville. Quand ?

— Le vol est demain. Et le tournage recommence mardi.

— Trois jours, tu parles... murmuré-je. Putain.

— S'il te plaît, Pierce. Tu dois m'aider.

Je la regarde et je me rends compte que ce ne sont pas les dates du tournage qui lui posent problème.

— Que se passe-t-il ?

— Levyl est déjà ici. En ville, je veux dire. Il est au

Driskill, ajoute-t-elle en évoquant l'hôtel historique qui se dresse en face de mon bureau, à quelques rues du Starfire. Je dois le voir. S'il te plaît, tu dois m'aider à le rejoindre.

— Tu es folle ?

Elle cligne des yeux pour en chasser les larmes.

— S'il te plaît. Tu ne comprends pas ? J'ai besoin de le voir. Il doit savoir que je suis désolée, que je l'aime, mais que j'ai fait une bêtise. Il ne me pardonnera peut-être pas, mais je veux qu'il sache que je l'aime et que je l'ai toujours aimé. Même si nous ne sommes pas ensemble, je veux rester son amie et je n'ai jamais, *jamais*, voulu lui faire du mal.

— Del...

— Non, je t'en prie. Je sais que c'est un risque. Et je sais qu'il me repoussera peut-être ou qu'il demandera à son personnel de ne pas me laisser entrer, mais je dois essayer. Je peux supporter le chagrin, Pierce. J'en suis capable. Mais je n'accepte pas de savoir que j'ai peut-être raté une occasion formidable. Et j'accepte encore moins de savoir que j'ai fait du mal à quelqu'un que j'aime, et que je n'ai rien tenté pour tout arranger. Tu comprends ?

Je soupire. Parce que je comprends. Bon Dieu, je comprends même très bien.

Et je sais aussi que cette gamine a bien plus de courage que moi.

— Si ça finit sur les réseaux sociaux, ta sœur va nous tuer tous les deux, dis-je.

En réaction, elle se jette à mon cou et m'embrasse sur la joue.

— Merci, merci. Tu es le meilleur. Je suis tellement contente que ma sœur et toi...

— Viens. Si tu veux le faire, on doit partir tout de suite. Savons-nous seulement s'il est à l'hôtel en ce moment ?

— Oui. Il s'enferme toujours pendant un ou deux jours avant un concert. Parfois, il invite la presse ou quelques fans, mais il ne sort pas. Ensuite, il s'autorise à faire la fête, mais jamais avant.

— C'est plus simple pour le localiser. Et l'accès ? Si tu appelles, il te donnera le numéro de sa chambre ? Il te laissera lui parler ? En d'autres termes, faut-il simplement que je te conduise jusqu'à lui ou doit-on mettre en place une véritable opération secrète ?

— Euh, je crois que ça va ressembler à une opération de la CIA, dit-elle.

Je suis bien obligé de rire.

— Bon, d'accord. Laisse-moi passer quelques coups de fil.

Une heure plus tard, j'ai appelé une demi-douzaine de personnes qui me doivent un service, j'ai parlé pratiquement à toutes mes connaissances à Austin et j'ai réussi à identifier le contact de l'hôtel, qui m'a mis en relation avec le manager du groupe, une femme du nom d'Anissa.

— Levyl et moi, nous sommes amis depuis des années, me dit Anissa. Et j'étais là pendant l'affaire Del. Je ne sais pas si Levyl acceptera de la voir, mais je pense qu'il devrait le faire. En tout cas, je peux vous faire entrer dans sa chambre.

Je n'aurais pas espéré mieux. Aussitôt, Del et moi prenons le chemin du centre-ville.

Je laisse ma voiture au bureau et nous traversons la rue, puis nous suivons les instructions d'Anissa afin de rejoindre l'entrée de service qu'utilise le groupe pour esquiver la presse.

Anissa vient à notre rencontre, avec le contact auquel j'ai parlé tout à l'heure.

— Merci beaucoup, lui dit Del. Je suis contente de vous revoir. Mais vous n'aurez pas d'ennuis à cause de moi, si ?

Anissa agite la main comme si de rien n'était.

— S'il est fâché, il s'en remettra. Comme je l'ai dit, je le connais depuis toujours. Faites-moi confiance quand je vous dis que ce n'est rien.

Nous la suivons dans un dédale de couloirs de service en direction du monte-charge, avant d'arriver devant la porte de la suite.

— Prête ? demande Anissa.

La jeune femme acquiesce, mais avant qu'Anissa puisse la faire entrer, j'attrape la manche de Del.

— Tu en es sûre ? Si cette visite est révélée sur les réseaux sociaux, ça pourrait relancer tout le scandale, surtout si ça se passe mal. Et dans ce cas-là, tu risquerais de perdre ton rôle dans le film. Sans parler de la colère de ta sœur.

— Je sais, répond-elle. Mais parfois, il faut savoir prendre des risques, tu ne penses pas ?

— Bon, très bien.

Je lui lâche le bras et je recule.

— Je reste ici. Del ? ajouté-je quand elle franchit le seuil. Bonne chance.

Trente minutes plus tard, je fais les cent pas dans le couloir tout en me demandant si la durée de leur tête-à-tête est un bon ou un mauvais signe. Peut-être est-elle encore en train de se traîner à ses pieds. À moins qu'il ait piqué une crise de rage.

Avec un peu de chance, ils se sont réconciliés et ils rattrapent le temps perdu. Très franchement, j'aime penser qu'au moins l'une des femmes Stuart quittera cette ville sur un petit nuage.

Bon sang, je suis lamentable.

J'ai laissé entendre à Jez qu'il y avait quelque chose entre nous parce que c'était vrai, mais le moment venu, je me suis défilé et j'ai fermé ma bouche.

Je n'ai même pas le courage d'une fille de dix-huit ans.

En cet instant, je prends la décision d'arranger ça.

Évidemment, je suis tombé amoureux de Jezebel Stuart. Et il est grand temps qu'elle le sache.

CHAPITRE QUATORZE

JEZEBEL EST juste derrière la porte quand nous entrons dans la suite de l'hôtel. Elle nous foudroie du regard en brandissant son téléphone.

— Bordel, c'est quoi ça ? demande-t-elle en agitant l'appareil entre nous.

Je baisse les yeux et découvre une photo de Delilah et Levyl, dans les bras l'un de l'autre. Le garçon l'embrasse sur la tempe.

Elle est postée sur la page Instagram de Levyl et la légende indique :

J'adore cette fille. #DelilahStuart #toujoursamis #toujourslàpourmoi #toujourslàpourelle #AustinTexas #Byelesrageux #ongère

— On s'est réconciliés, dit Delilah. C'est bon. Et c'est Jason, le nouveau batteur du groupe, qui a pris la photo. Levyl a dit que s'il la postait, les fans se calmeraient.

Elle prend le téléphone des mains de Jez et commence à écrire et à faire défiler la page, bien plus vite que je ne parviens à le faire sur mon propre appareil.

Au bout d'un moment, elle nous regarde en souriant.

— Je crois qu'il avait raison. Je ne vois que des cœurs. Rien de méchant ni d'agressif. En tout cas, pas pour l'instant.

— C'est formidable, dis-je. Ça a marché.

— Mais ça aurait pu foirer.

La voix de Jez est sèche et je sais déjà que je vais devoir mettre le paquet sur les excuses que je lui dois.

— Oh, voyons, Jez, commence Delilah, mais sa grande sœur l'interrompt en secouant la tête.

— File, dit-elle en désignant la chambre de Del.

Devant son hésitation, elle ajoute d'une voix plus douce :

— S'il te plaît. Je suis contente que ça se soit arrangé avec les fans. Et je suis contente que Levyl et toi, vous vous soyez rabibochés. Mais maintenant, j'aimerais parler à Pierce.

Del me lance un regard compatissant. Si je lui demande de rester, elle le fera.

— Vas-y, lui dis-je. Je gère.

En traînant les pieds, elle s'éloigne avant de fermer la porte derrière elle. Dès l'instant où le déclic de la poignée retentit, Jez se jette sur moi.

— Putain, c'était quoi ? s'écrie-t-elle. Sérieux, tu nous as fait quoi, là ?

Je lève les mains pour essayer de la calmer et profiter d'une pause pour en placer une, mais elle ne m'en laisse pas le temps.

— Je t'ai dit spécifiquement que je te confiais ma sœur. Et tu m'as promis. Non seulement ça, mais en plus tu as signé un contrat. C'est comme ça que tu te montres à la hauteur de tes engagements ? Sérieusement ? Tout aurait pu déraper. La pauvre, elle aurait pu être anéantie.

— Mais ça ne s'est pas passé comme ça, dis-je enfin.

À présent, c'est son tour d'essayer de parler, mais je lève la main.

— Non, dis-je en faisant un pas vers elle.

C'est dangereux, très honnêtement, parce qu'elle semble à deux doigts d'exploser. Je poursuis :

— Ce qui l'anéantissait, c'était de savoir qu'elle ne pourrait jamais lui présenter ses excuses. Qu'il ne saurait pas ce qu'elle ressentait.

J'essaie de prendre une inspiration, mais c'est difficile. Ma gorge est nouée par l'émotion.

— Une fois que j'ai compris ça, j'ai su que je devais l'aider.

— Comme c'est altruiste, rétorque-t-elle. Pourquoi ?

Je la regarde dans les yeux. Ils flambent de colère. Il n'y a pas si longtemps encore, ils n'exprimaient que la chaleur, la passion et une pointe d'humour.

— À cause de toi, dis-je simplement. Parce que c'est aussi ce qui m'anéantissait, moi.

Elle détourne les yeux, la tête basse, et je ne distingue pas son visage.

— Non, murmure-t-elle. Ne commence même pas.

J'entends sa vulnérabilité et je sais que je devrais arrêter. Mais c'est plus fort que moi. Je dois lui faire comprendre. Sans elle, je suis creux, et j'ai désespérément besoin d'être comblé.

— Va-t'en. S'il te plaît.

— Je ne peux pas, dis-je en m'approchant. Jez, tout ce que tu as dit hier…

Elle m'interrompt en reniflant avec mépris.

— La stupidité que j'ai eue de t'ouvrir mon cœur ?

— Jez, je t'en prie.

— Je te faisais confiance. Je t'ai confié mon corps, mes secrets, ma sœur et toute sa carrière. Je croyais que tu en valais la peine.

— C'est le cas. *Nous* en valons la peine. Mais j'ai tout gâché.

— C'est bien vrai.

Sa voix est grave et je sais qu'elle est au bord des larmes.

Je m'avance encore. À présent, je me trouve juste devant elle et je dois faire un effort pour garder les mains le long de mon corps alors que j'ai envie de la toucher, de la réconforter.

— J'ai laissé mon passé se mettre en travers de mon chemin, dis-je sur le ton de l'aveu. Je pensais à Margie et à quel point elle m'a fait souffrir quand elle est partie. Mais j'aurais dû la chasser de mes pensées. J'aurais dû penser à toi. Rien qu'à toi.

— Alors pourquoi ne l'as-tu pas fait ?

— Parce que je suis un connard.

Elle lève la tête, méfiante.

— Continue.

— Parce que j'avais peur.

Elle fronce les sourcils.

— Peur de quoi ?

— De toi, de tout. De ce que tu me fais ressentir.

Elle passe la langue sur ses lèvres. La colère dans son regard perd en intensité.

— Et qu'est-ce que je te fais ressentir ?

— Je me dis qu'avec un peu de chance, ça durera peut-être.

J'inspire pour me donner du courage.

— Que je suis sans doute tombé amoureux de toi. Et je crois que tu es amoureuse de moi.

J'entends son souffle s'accélérer.

— Pierce, je...

— Non, laisse-moi terminer. Jez, je sais que tout est allé vite. C'est même un peu fou. Nous nous trompons peut-être, mais je ne pense pas. Et j'ai envie de prendre le temps, de faire le travail nécessaire pour le découvrir. Surtout, j'ai envie que ça marche. Je veux garder ce que nous avons, tous les deux.

Une larme coule sur sa joue et je tends la main pour l'essuyer.

— J'avais peur et je t'ai blessée. Je suis vraiment désolé. S'il te plaît, Jez. S'il te plaît, dis-moi que tu me pardonnes.

Elle s'humecte les lèvres et renifle un peu.

— Ton timing est mauvais. Nous n'avons même plus ces trois jours. Je pars demain à Los Angeles.

Incapable de me retenir, je laisse échapper un rire. Elle arque un sourcil.

— Tu trouves ça drôle ?

— C'est merveilleux, dis-je. Parce que tu ne m'as pas envoyé balader. Tout ce que tu as fait, c'est me dire que tu pars. Bébé, ce n'est que de la géographie. La géographie, on peut gérer ça.

Comme elle ne dit rien, je fais un pas de plus et je passe les bras autour de sa taille.

— Emménagez ici. Toi et Del. Tu m'as dit que tu voulais quitter Los Angeles, pas vrai ? Alors, viens ici.

Loue une maison. Achète un appartement. Habite avec moi. Mais donne-nous une chance. Del n'est pas une starlette de pacotille. Elle peut vivre où bon lui semble.

— C'est Los Angeles qui l'intéresse, dit Jez.

Une fois de plus, je souris.

— Elle est assez grande pour y vivre seule. Il existe une super invention qu'on appelle internet. Et il y a les textos, les appels vidéo et toutes sortes de choses magiques. Ces tubes en métal aussi, qui volent dans le ciel et peuvent t'emmener à Los Angeles en quatre heures à peine.

Elle me donne un coup amusé sur l'épaule.

— Ne me frappe pas sous le coup de la colère, tu le sais.

Elle plisse les yeux.

— Peut-être que je ne suis plus en colère.

— C'est vrai ? dis-je en posant un baiser sur son menton. Je suis heureux de l'entendre. Bien sûr, j'ai encore un tas d'excuses à te présenter.

Mes mains glissent de part et d'autre de sa taille, puis elles remontent doucement, emportant son t-shirt avec elles.

— Tu m'as blessée.

— Je sais, dis-je avant de lui mordiller le lobe de l'oreille.

Son corps tremble sous mes mains et son souffle me parvient dans un frémissement.

— Je crois que tu dois encore t'excuser, dit-elle.

Je recule afin de passer son t-shirt par-dessus sa tête.

— Ma belle, je vais passer le reste de la nuit à m'excuser de toutes les manières possibles.

Je dépose des baisers sur sa clavicule, puis sur le renflement de ses seins. Je pince un téton entre mon pouce et mon index et je penche la tête pour prendre l'autre dans ma bouche. Ma queue durcit lorsque j'entends ses petits gémissements de plaisir.

Je demeure ainsi, à la sucer et à l'attiser, absorbé par les sensations, par son parfum. Enfin je recule, libérant son téton dans un bruit de succion érotique.

Je me redresse et regarde ses yeux voilés par le désir.

— C'est bon ? demandé-je. Je suis pardonné ?

Elle se mord la lèvre et penche la tête avec un petit sourire taquin.

— Loin de là.

— Dans ce cas, dis-je en lui embrassant le ventre, de plus en plus bas en direction du paradis. Je vais devoir faire un petit effort...

ÉPILOGUE

Huit mois plus tard

je suis debout, en costume, sous une arche couverte de lierre au bout d'une allée formée par un ruban de lin blanc. Au-dessus, le ciel arbore un bleu parfait. Derrière moi, le Pacifique s'étend à l'infini.

De là où je me trouve, à quelques mètres de la falaise à pic, je vois les vagues qui déferlent en contrebas. J'entends gronder l'océan et je prends une grande inspiration, laissant les bruits et l'air marin apaiser mes nerfs. La musique emblématique commence et les invités devant moi se lèvent de leurs chaises pliantes en bois blanc.

Je regarde au bout de l'allée. Ce n'est qu'en la voyant que je parviens à respirer normalement. Elle marche en rythme avec la musique, un bouquet de fleurs devant elle. Elle est plus belle que jamais.

Je glisse la main dans ma poche et j'effleure le petit trésor que j'y ai précieusement rangé. Un talisman qui, je l'espère, saura me détendre.

Elle s'avance. Juste devant moi, elle me regarde dans les yeux, puis elle s'écarte sur le côté avec un sourire si grand que le coin de ses yeux se plisse.

À présent, elle se tient de l'autre côté de l'allée. Nous sommes comme deux serre-livres de part et d'autre de Delilah et Levyl, qui se donnent la main. Ils ne se regardent pas dans les yeux, mais ils sont tournés vers l'homme à la bible qui prononce leurs vœux.

Chacun déclare : « Oui, je le veux », et les invités se mettent à applaudir. Quand Levyl et Delilah s'embrassent, le réalisateur, hors champ sur la gauche, s'écrie :

— Coupez !

Levyl éclate de rire et passe son bras sur l'épaule de Delilah tandis qu'elle s'appuie contre lui.

— L'une de mes scènes préférées, dit-elle pour plaisanter.

Il se penche et lui donne un bref baiser.

Ils ne se sont pas remis ensemble, mais ils ont ravivé une solide amitié et leurs fans – ainsi que le studio – adorent ce suspense *ils-vont-le-faire-ils-ne-vont-pas-le-faire*. D'ailleurs, le film est censé tirer profit de leur amitié renouvelée, et Del a insisté pour que Jez et moi jouions les figurants à ses côtés. Elle trouve l'initiative sympa, et surtout, ça nous donne une occasion de venir passer le week-end à Los Angeles.

Ces derniers mois, nous avons passé moins de temps en Californie et plus de temps au Texas. D'abord, Jez effectuait l'aller-retour quasiment toutes les semaines afin d'enseigner à Delilah les rudiments de gestion nécessaires à sa carrière. Mais Del a pris sa vie en main. Elle prend plus de décisions seule et elle a choisi d'embaucher une équipe pour prendre la relève.

— Ça te manque ? demandé-je en prenant la main de Jez pour la conduire à l'écart de la foule. Hollywood ? L'océan ? La circulation sur les routes californiennes ? Gérer les affaires de Del ?

— L'océan me manque. Et Del, aussi. Mais, ajoute-t-elle en se coulant entre mes bras, l'échange me satisfait parfaitement.

— Tu parles de la maison et du jardin, dis-je en faisant référence à la propriété que nous avons achetée le mois dernier, au centre d'Austin, et à laquelle nous avons consacré beaucoup d'argent, de sueur et d'huile de coude.

— Tout à fait, dit-elle avant de se hisser sur la pointe des pieds pour m'embrasser. De quoi voudrais-tu que je parle ?

Je souris et recule sans lui lâcher la main.

— Viens avec moi. J'ai envie de te montrer quelque chose.

Je l'entraîne vers l'arche fleurie. Non loin de là, Del, Levyl et Anissa discutent avec Connor, Cayden et Kerrie. Tout le monde croit être venu pour assister à mes premiers pas au cinéma.

Mais ce n'est vrai qu'en partie.

— Quoi ? fait Jez en regardant le décor. Si tu veux me montrer le plateau, je l'ai déjà vu.

— Mais tu n'as pas vu ça, dis-je en posant un genou à terre pour lui tendre la bague qui me brûlait la poche.

Jez étouffe un cri et porte les doigts à sa bouche. Je ne sais pas si elle retient ses larmes ou un rire. À moins qu'elle soit sous le choc.

— Je crois que je n'aurais pas pu trouver meilleur endroit pour faire ma demande. En plus, comme nos amis et nos sœurs sont ici, je sais que je n'ai pas fini d'en entendre parler si tu me dis non. Mais c'est un risque que j'accepte de prendre. Parce que je t'aime, Jez. Je crois que je t'ai aimée dès l'instant où je t'ai rencontrée. J'aime ton insolence, ta fougue, ta chaleur et ton sens de l'humour. Tu es tout pour moi. Tu es mon âme sœur.

Elle cligne des paupières et malgré ses yeux embués de larmes, son visage rayonne.

— Je n'aurais jamais cru prononcer à nouveau ces mots. Je n'aurais jamais cru le vouloir. Mais, Jezebel

Stuart, je ne peux pas vivre une minute de plus sans savoir que tu deviendras ma femme. Bébé, veux-tu m'épouser ?

Mon cœur cogne si fort que je n'entends même pas sa réponse. Mais j'entends les applaudissements et les sifflets. Quand Jez me redresse, quand elle jette ses bras autour de mon cou et m'embrasse avec ardeur, sa réponse ne fait plus aucun doute.

C'est un oui.

Et quand je lui rends son baiser, en présence de nos amis et de nos familles, je n'en crois pas ma chance.

———

***Les jeux dans la chambre à coucher, c'est
bien joli… mais j'ai besoin d'une femme qui
ne jouera pas avec mon cœur.***

Après des années dans l'armée, j'ai affronté beaucoup
d'épreuves, et il en faut beaucoup pour m'intimider.
Sauf en ce qui concerne le sexe opposé. Surprendre
votre femme au lit avec un autre homme, c'est le genre
de choses qui a tendance à aigrir contre la gent
féminine même le plus endurci.

Quand on m'a engagé pour la surveillance d'une
cliente au passé trouble, je me suis préparé au pire.
Mais ce que j'ai découvert, c'est une femme qui m'a fait
tourner la tête, qui a fait bouillir mon sang et qui a

embrasé mon corps. Une femme qui m'a donné l'impression de revivre.

Une femme qui ne correspondait pas à ce que j'imaginais, mais qui avait tout ce que je désirais. Une femme qui, pourtant, avait besoin de ma protection… et qui recherchait mes caresses.

Alors que le monde s'effondre autour de nous, que tout ce que je pensais savoir vole en éclats, il n'y a qu'une seule réalité à laquelle je peux me raccrocher : plus j'apprends à la connaître, plus je la désire.

Pour la faire mienne, je dois non seulement la protéger, mais je vais devoir lui prouver que j'ai surmonté mes craintes et mes doutes, que je ne veux plus regarder vers le passé et que la seule chose que je veux, c'est un avenir – avec elle.

**_C'était une erreur de rester ensemble…
mais nous ne pouvions pas rester à l'écart
l'un de l'autre._**

J'ai connu un grand nombre de femmes, mais aucune
n'a touché mon cœur ni n'a embrasé mes sens comme
elle l'a fait. Son sourire m'a séduit. Ses caresses m'ont
enflammé. Son corps m'a attisé.

Pourtant, ça ne pouvait pas durer. Trop d'années nous
séparaient. Un écart que nous n'avons pas réussi à
surmonter. Alors, nous avons rompu. Non, _j'ai_ rompu.
Et c'est une décision que je n'ai jamais cessé de
regretter.

Maintenant, elle est en danger et je ne fais confiance à

personne pour la protéger. Mais plus nous passons du temps ensemble, plus j'ai envie de la reconquérir. Une chose est sûre à présent, je dois veiller sur elle – et même si nous savons tous les deux que c'est une erreur, je trouverai le moyen de la faire mienne à nouveau.

DÉCOUVREZ DAMIEN STARK

Seule sa passion pourra la libérer...

La trilogie initiale :
Délivre-moi
Possède-moi
Aime-moi

La suite de la saga :
Retiens-moi
Protège-moi
Damien

Découvrez Damien Stark dans la série où tout a commencé, best-seller primé dans le monde entier.

Apprivoise-moi

Tente-moi

———

Te désirer

T'enflammer

T'envoûter

À PROPOS DE L'AUTEUR

J. Kenner (alias Julie Kenner) est une auteure de best-sellers internationaux figurant aux classements des journaux *New York Times*, *USA Today*, *Publishers Weekly* et *Wall Street Journal*. Elle a écrit plus d'une centaine de romans, de romans courts et de nouvelles dans toutes sortes de genres littéraires.

Selon *Publishers Weekly*, JK est une auteure qui a un « don pour le dialogue et la création de personnages excentriques », et le *RT Bookclub* estime qu'elle a su « répondre aux besoins du marché en créant des antihéros scandaleusement attirants et dominateurs, et des femmes qui fondent pour eux. » Six fois finaliste de la prestigieuse récompense RITA (*Romance Writers of America*), JK a remporté son premier trophée RITA en 2014 pour son roman *Claim Me* (tome 2 de sa trilogie *Stark*) et le second en 2017 pour son roman *Wicked Dirty*. Elle a vendu des millions de livres, publiés dans plus de vingt langues.

Au cours de sa précédente carrière, JK a exercé comme avocate en Californie du Sud et au Texas. Elle vit actuellement dans le centre du Texas, avec son mari, ses deux filles et deux chats plutôt lunatiques.

Visitez son site web www.juliekenner.com pour en savoir plus et pour entrer en contact avec JK sur les réseaux sociaux !